dear+ novel
Koi no futari zure · · · · · · · · · · · · · ·

恋の二人連れ

久我有加

新書館ディアプラス文庫

恋の二人連れ

contents

illustration：伊東七つ生

恋の二人連れ
koi no futari zure

木目が美しい玄関の戸は、柔らかな行灯《あんどん》の明かりに照らされていた。電灯が普及して随分と経つが、この花街では頑《かたく》なに行灯を使っている。

日が暮れて冷えてきた空気がわずかに和《やわ》らいでいる気がするのは、打ち水がしてあるからだ。一流のお茶屋の玄関には、必ず湿り気が存在する。

独特の空気に気持ちが改まるのを感じながら、扇谷梓《おうぎやあずさ》は中へ足を踏み入れた。磨《みが》き抜かれた板の間と、そこを飾る掛け軸を照らす光も柔らかい。頬に触れる空気もまた、ほんのり温かく柔らかかった。

ごめんやす、と声をかけると、おいでやす、と落ち着いた女の声が応じる。奥から現れたのは、渋い色の着物を身につけた五十がらみの女将《おかみ》だ。ちなみに梓の母親でもある。

女将は梓を見て眉をひそめた。

「梓やないの。また来たんかえ」

「間宮《まみや》先生にお会いできるまでは何べんでも来ます。黒羽《くろはね》出版の扇谷が参りましたて取り次いでもらえまへんか」

めげずに背広の内ポケットから取り出した名刺を渡すと、女将は小さく笑って受け取ってくれた。

「熱心なこと。ま、先生がどうお返事しやはるかはともかく、取り次ぎだけはさしてもらいますよって、ここで待っといとくれやす」

へえ、お頼《たの》み申します、と頭を下げる。女将は音もなく踵《きびす》を返して奥へと消えた。

今日こそ間宮先生に会えるかもしれん。

期待と緊張で、全身が熱くなっているのがわかる。

ここは江戸の頃から大正十二年の現在まで、百年以上続くお茶屋『滝《たき》の尾《お》』だ。東京では「料亭」と呼ばれるが、大阪では「お茶屋」と呼ぶのが一般的である。ちなみに『滝の尾』は旅館も兼業《けんぎょう》している。

『滝の尾』の次男として生まれた梓だが、幼い頃から本を読むのが好きだった。それは成長してからも変わらず、学校では文学好きの級友たちと読んだものについて議論したりした。もっとも、生来のんびりした性質なので聞き役にまわることが多かったが。

高等商業学校を卒業した昨年、黒羽出版という小さな出版社に就職することができた。『滝の尾』に出入りする作家や編集者に憧《あこが》れていたから、編集者の仲間入りができて本当に嬉しかった。父は小学生の頃に亡くなっていたが、九つ年の離れた兄夫婦が既に『滝の尾』を継いでいたため、店のことを気にしなくてよかったのは幸いだった。心に残る本を自《みずか》らの手で世の中に送り出そうと意気込んだ。

しかし現実は甘くなかった。大阪の出版社だけでなく、大阪の新聞社、東京の大手出版社、中小の出版社と小説を必要としている会社は思いの外《ほか》多かった。そんな中で、有名作家に書いてもらうのは至難《しなん》の業《わざ》だ。

悪戦苦闘していた一ヵ月ほど前、関東で大きな地震があった。東京の大手出版社の建物はそれほど被害を受けなかったらしいが、流通はまだ回復していない。また、出版社は無事でも、作家の中には住まいを焼失《しょうしつ》した者もいる。そんなわけで、大阪の出版社を頼って避難してきた作家が少なからずいた。それまでも東京の出版社に負けまいと活動していた大阪の出版社は、ここぞとばかりに先生方を接待し、小説を書いてもらおうと躍起《やっき》になっている。

間宮照市《てるいち》も、東京から避難してきた作家の一人だ。年は梓より七つ年上の二十九歳。新聞に通俗小説を連載し、その小説読みたさに新聞を買う者がいるほどの売れっ子である。小説を書籍にすれば飛ぶように売れる。いくつかの作品は舞台化もされ、人気を博している。

通俗小説にはあまり興味がなかった梓だが、実家がとっていた新聞に連載されていた間宮の小説は読んでいた。風俗や女性心理、性愛を中心に描かれた物語は、毎回続きが気になって仕方がなかった。世の中を皮肉る部分もあって、たちまち夢中になった。他の通俗小説も読んでみたけれど、間宮の作品が一番おもしろかった。単行本は全て持っているし、間宮が寄稿《きこう》した雑誌も必ず読んでいる。

そんなわけで、出版社に就職する前から、いつか間宮の担当になりたいと思っていた。だから二週間ほど前、間宮に小説を書いてもらう約束をとりつけて来いと社長に命じられたときは、天にも昇る気持ちだった。

黒羽出版の社長、村武《むらたけ》は大きな貿易会社の社長の長男だが、肝心《かんじん》の会社は弟が継いでいるという。社長いわく「僕よりよっぽど優秀な弟」が出資してくれているとかで、資金には不自由していないのだ。とはいえ、大手の出版社に比べればかけられる金には限度がある。知名度でも完全に負ける。

それでもこの二週間、なんとか話を聞いてもらおうと間宮の後を追いかけた。花街で働く者は口が固いが、歓楽街にあるカフェーの女ボーイや芝居茶屋の下足番《げそくばん》、人力車の車夫《しゃふ》たちは、見たことや聞いたことを気軽に話してくれる。間宮はくせの強い髪とくっきりとした二重《ふたえ》の目が印象的な彫《ほ》りの深い顔立ちをしている上に、昨今《さっこん》、洋装の男が増えているにもかかわらず着物を身につけているため、とにかく目立つ。それ故《ゆえ》に目撃談も多い。間宮が現れそうな場所にあたりをつけて待ち伏せし、追いかけているのだが、入れ違いになったりあてがはずれたりして、まだ一度も会えていない。

どうしたものかと悩んでいた矢先、間宮が『滝の尾』に泊まっているという話を村武がどこからか聞いてきた。すぐさま足を向けたものの、女将が融通《ゆうずう》をきかせてくれるとは思えなかった。店に出ているときの母は、老舗《しにせ》のお茶屋を預かる女将だ。息子だからといって特別扱いしないことは目に見えていた。そんなわけで、こうして三日前から地道に取り次ぎをお願いしているのだ。

大阪に滞在している作家の中には、宿泊費から食費、遊興費《ゆうきょうひ》に至るまで全て出版社の掛かりという者もいる。『滝の尾』は一見《いちげん》さんお断りの老舗茶屋だ。もし出版関係の誰かが紹介したのなら、その誰かが間宮の大阪での滞在費を全て負担している可能性が高い。そうなると、その出版社以外の仕事は引き受けてもらえない。

けど、間宮先生の面倒はうちがみてるていう話は耳に入ってこん。

つまり、黒羽出版にも機会はある。

「ごめんやす」

甘い声が聞こえると同時に背後の戸が開いて、梓は振り返った。現れたのは玉井《たまい》という置屋《おきや》に所属する藝妓《げいこ》、まめ千代《ちよ》だ。

「あれ、坊《ぼん》さんやないの。どないしはったん」

坊《ぼん》さんというのは、坊ちゃんという意味である。次男なので中坊《なかぼん》と呼ばれることも多い。

「滝の尾にお泊まりのお客さんに、用がありまして」

「そうなんや。坊《ぼん》さん、背広よう似合《にお》てるえ。坊《ぼん》さんみたいなかいらしいお顔には、洋装の方が合うんかもしれへんね」

まめ千代は悪戯《いたずら》っぽく笑う。梓がぱっちりとした目の童顔を気にしていることを知っているのだ。

面映《おもは》ゆくておおきにと応じたそのとき、奥から女将が戻ってきた。

「まめ千代ちゃん、来てくれたんか。お客さんがお待ちえ」

「へえ、お邪魔いたします」

まめ千代を見送っていると、女将がこちらを見た。ふっくりとした頬には苦笑が浮かんでいる。

「会うだけ会《お》うてくれはるそうや」

「え、ほんまですか？」

「ほんまや。鬱陶《うっとう》しいさかい、会《お》うてはっきり断る言うてはった」

はあ、と曖昧《あいまい》に応じて女将の後に続く。どこにどんな部屋があるかわかっているが、今はあくまで客の立場だ。勝手に踏み入るような横暴はしない。

鬱陶しい、か……。

間宮を追いかけているのは梓だけではない。他社の編集者もうろうろしているだろうから、そう思われても仕方ない。

出版社に就職してから知ったのだが、間宮は気難しい人物として有名だった。間宮を担当した新人の編集者が何人も辞めたとか、ごく一部の気の合う編集者としか仕事をしないとか、気に入らない贈り物を持ってきた編集者とは二度と口をきかないとか、間宮の命令には絶対服従だとか、良い噂はひとつも聞かなかった。

とはいえ梓は、そうした噂をあまり真に受けていなかった。どこかの編集者が間宮を他社に取られまいと、わざと悪い噂を流しているのではないかと思う。情感豊かで繊細《せんさい》な物語を紡《つむ》ぐ人が、そんな理不尽なことをするわけがない。少しばかり頑固かもしれないが、恐らく物静かで芯のある人だ。

丁寧に心を尽くしてお願いしたら、きっと引き受けてくれはる。

うんと一人頷いていると、女将は一番奥の部屋の前で足を止めた。広くはないが、他の部屋の話し声や笑い声がほとんど聞こえてこない静かな部屋である。

「間宮先生、失礼いたします。黒羽出版の方をお連れいたしました」

廊下に膝をついた女将が声をかけると、うん、という不機嫌そうな応えが返ってきた。女将が襖《ふすま》を開ける。

中にいたのは盃《さかずき》を手に胡坐《あぐら》をかいた男だった。硬そうな髪が四方八方に跳ねている。

ほんまもんの間宮先生や……！

写真でしか見たことがない憧れの作家が目の前にいる。心臓が限界まで高鳴った。

周囲に編集者らしき人物はいない。藝妓《げいこ》も舞妓《まいこ》も太鼓持《たいこも》ちもいなかった。一人だ。

ぎょろりとした二重の目が、部屋に入った梓に向けられた。眼光がやたら鋭い。金剛力士像《こんごうりきしぞう》ににらまれたかのようだ。冷や汗がじわりと背中に滲《にじ》む。

女将が去ると同時に、梓は畳《たたみ》に手をついて頭を下げた。

「黒羽出版の扇谷梓と申します。本日はお時間を作ってくださり、ありがとうございます」

「時間を作った覚えはない」

挨拶《あいさつ》もなしにぶっきらぼうに言い放った間宮は、ぐいと盃をあおった。それきり視線をそらし、黙り込んでしまう。

愛想よく迎えられはしないだろうと予測していたが、ここまであからさまに不機嫌な態度をとられるとは思っていなかった。正直、怖い。

けど、とにかく会《お》うてもらえたんや。

梓は風呂敷包みを解いた。老舗の和菓子屋の最中《もなか》だ。巷《ちまた》で人気の菓子は他の編集者が持って行っているだろうと思ったので、『滝の尾』に出入りしている、知る人ぞ知る店の甘味《かんみ》を選んだ。

「あの、甘いものがお好きやとお聞きしましたので、お口に合うかわかりまへんけど、どうぞお収めください」

和紙で包装された箱を差し出すが、間宮はうんともすんとも言わない。

萎《な》えそうになる気持ちをどうにか奮い立たせた梓は、間宮先生、と呼びかけた。

「私、先生の作品は全て読んでおります。ご本も全て持っております。先月に上梓《じょうし》された欠けた月も大変おもしろく読ませていただきました。ただ性愛を描くだけやのうて、世の中の矛盾を描いておられるところが素晴らしいと思います。先生の新聞小説を拝読していると、続きが気になって仕方がありません。万人《ばんにん》を惹《ひ》きつける力がある。今、木都《もくと》新聞に連載しておられる梅の花も欠かさず拝読しております」

梓の熱心な物言いにも、間宮はこちらを見ない。鬼のような形相《ぎょうそう》で寒鰤《かんぶり》の餡《あん》かけを口に運んでいる。『滝の尾』自慢の手間暇のかかった料理も、その顔を綻《ほころ》ばせることはできないようだ。挫《くじ》けそうになる己を励《はげ》まし、梓は続けた。

「わが黒羽出版は創立三年の新しい会社で、雑誌も創刊したばかりです。しかし出版にかける思いは東京の出版社にも老舗の出版社にも負けまへん。日々を懸命に生きる庶民に愛される、質の高い作品を載せていきたいと思《おも》てます。ぜひ、間宮先生にうちで書いていただきたいんです」

やはり間宮はちらとも視線を向けてくれない。この無言は拒絶だ。同じような口説《くど》き文句を、他の編集者からも聞かされているのだろう。

たとえ小説は書いてもらえなくても、少しは話を聞いてもらえると思っていた梓は焦った。このままでは、二度と会ってもらえないかもしれない。

「あの、先生、大阪に来られてご不自由なことはおまへんやろか。もし何かありましたら、私にできることやったら何でもさしてもらいますよって」

必死で言うと、間宮の箸《はし》が止まった。じろりと鋭い眼光でにらまれる。

「何でもか」

「へえ、何でも。あの、もしよろしかったらきれいどころを呼びまひょか」

「いらん」

素《そ》っ気《け》ない返事だったが、とにかく口をきいてくれたことにほっとする。

「ご覧になりたいもんとか、召し上がりたいもんはおまへんか?」

「別にないな。見たい物はもう見たし、食いたい物も食った」

間宮が大阪へ来て一ヵ月ほどが経っている。その間に、編集者たちがあれこれもてなしたことは想像に難《かた》くない。

がっくり肩を落とすと、間宮はふいに言い放った。

「踊れ」

「……は?」

「踊れ」

くり返した間宮に、梓は瞬《まばた》きをした。

「あの、私が踊るんでっか?」

「他に誰もいないだろう」

「けど、男で素人《しろうと》の私より、藝妓《げえこ》はんを呼んだ方が……」

「玄人《くろうと》の踊りは見飽きた。君が踊れ」

梓は呆気《あっけ》にとられて間宮を見た。間宮はおもしろがる視線を向けてくる。

ひょっとして、退屈してはるんやろか。

いや、そんな単純な話ではないのかもしれない。間宮が大阪へやってきたのは、関東で起こった大震災のせいなのだ。独り身の間宮は東京で一人暮らしをしていたらしいが、身内は無事でも親しい人を亡くした可能性がある。大阪には知り合いも友人もいないだろうし、寂しいのかもしれない。

わたいかて、たった一人で知らんとこに放り出されたら心細うて不安になる。少しでも気分が晴れるようにして差し上げたい。

「承知しました。私でよかったら踊らしてもらいます」

頷いてみせると、間宮はわずかに目を見開いた。が、すぐに難しい顔で頷いた。


「そんで、間宮先生の前で踊ったんか」

笑いを含んだ声で尋ねたのは黒羽出版の社長、村武だ。へえ、と梓は頷いた。

「踊りました」

ほお、と感心したような声をあげた社長の背後には大きな窓があり、晩秋の陽光が優しく差し込んでいる。社長を含めて総勢四人が働く小さな出版社だが、大通りに面したビルヂングの一室を借りているのだ。

日本有数の近代的な商工業都市として急速に発展しつつあるこの都市は「大大阪《だいおおさか》」と呼ばれ、市域拡張を続けている。藝術や文化運動も盛んだ。

自他共に認める粋人《すいじん》の社長は、更に尋ねてきた。

「何を踊ったんや」

「京の四季を踊りました」

政財界の重要人物をもてなすお茶屋を営《いとな》む家だったせいだろう、幼い頃、踊りや生《い》け花、お茶等を習わされた。もちろん藝妓には遠く及ばないが、基本はできている。

「そんで、先生はどない言わはった」

今にも笑い出しそうな声で尋ねられ、何がそないおもしろいんやろ、と思いつつ梓は答えた。

「それが、何も言わはりませんでした」

若女将《わかおかみ》に三味線《しゃみせん》を弾いてもらって踊ると、間宮はぽかんと口を開けた。何か言おうとしたらしく、ぱくぱくと口を動かしたが、結局むっつりと黙り込んだ。最後まで踊りを見てくれたものの、話しかけても一言も答えてくれなかった。

「すんまへん、社長。私の踊りがヘボクタやったせいで、間宮先生のご機嫌を損《そこ》ねてしまいました」

しゅんとして言うと、我慢できなくなったように村武が噴き出した。てっきり叱られると思っていたので、予想外の反応に驚く。

「正孝様《まさたか》、お笑いになってはいけません」

村武を窘《たしな》めたのは灰色の頭髪に眼鏡が似合う壮年の男、吉見《よしみ》だ。村武が幼い頃から仕《つか》えてきたそうで、出版社を立ち上げたときも心配でついて来たという。主に経理や事務を担当している。

「扇谷さんは一所懸命ご自身にできることをやらはったんです。褒《ほ》めて差し上げんと」

淹《い》れたばかりの紅茶を机に置いた吉見を、村武は笑いながら見上げた。

「そやかて吉見、間宮先生もまさか、ほんまもんの日本舞踊を見せられるとは思《おも》てはらへんかったやろ」

「けど、先生が踊れて言わはったんですよ」

もごもごと反論すると、村武はこちらに視線を移した。目が笑っている。

「せやから先生は腹踊りか盆踊りかわからんけど、扇谷君のへボクタな踊りを見て笑うつもりやったんや。それやのにほんまもんの日本舞踊見せられて、しかもそれが様になっとって、自分が踊れて言うた手前、どう反応してええかわからんかったんやと思うぞ」

「えっ、そうなんでっか？」

「そうや。あの間宮先生を黙らせるて、扇谷君、君はやっぱりおもろいやっちゃな」

村武は満足そうに紅茶を口に含んだ。何と答えていいかわからなくて、はあ、と曖昧に返事をする。

常からおっとりのんびりしているせいか、あるいは二十二歳という年齢よりも下に見える童顔のせいか。黒羽出版以外の出版社の試験も受けたが、どこにも受からなかった。編集者には押しの強さが必要や、君にはそれが足りん、とはっきり言われたこともある。しかし村武は、そこがおもしろいと言った。押しが強い奴ばっかりやったら先生方も嫌にならはるかもしれんしな。

「間宮先生は、二度と顔見せんなとは言わはらへんかったんやろ」

村武の問いかけに、へえと頷く。

「ただ、また来いとも、小説を書いてやるとも言わはりまへんでしたけど……」

「かめへんかめへん。印象に残ったはずやさかい上出来や。僕の予想では、きっと連絡とってきはるぞ」

ハハ、と村武は上機嫌で笑った。

席に戻ると、お疲れ様でした、と吉見が紅茶を出してくれる。ありがとうございますと頭を下げて受け取った梓は、芳醇《ほうじゅん》な香りにほっと息をついた。村武の実家が貿易会社を営んでいるので、高級な茶葉が手に入るのだ。

「どうぞどうぞ、こちらです！」

原稿を取りに行っていたもう一人の社員、大住《おおすみ》の声が外から聞こえてきて、梓たちはドアを見遣った。

勢いよく開いたドアから最初に顔を見せたのは小柄な男、大住だった。大住に促《うなが》されて入ってきたのは、『滝の尾』の法被《はっぴ》を身につけた若者だ。

「あれ、ケンさん」

「おはようさんでござります。中坊《なかぼん》さんがお世話になっております」

社長と吉見に丁寧に頭を下げた男は、『滝の尾』で働く建治《けんじ》である。三つ年上なので、梓にとっては二番目の兄のような存在だ。寡黙《かもく》だがすっきりとした男前で、藝妓や舞妓にも密《ひそ》かに人気がある。

「滝の尾さんの男衆《おとこっ》さんが来られたいうことは、もしかして間宮先生の使いですか」

目を輝かせた村武に、へえと建治は応じた。

「間宮先生から中坊《なかぼん》さんに、今晩また来てくれて言伝《ことづて》を預こうて参りました」

パン！　と手を打ったのは村武だ。

「ほれみい！　僕が言うた通りやろ。間宮先生は扇谷君を気に入らはったんや」

「よかったな、扇谷君！」

大住もニコニコ笑って背中を叩いてくる。

「や、けど、来てくれて言わはったからて、気に入られたとは限りまへんよって……」

梓は気弱につぶやいた。部屋を辞するまでむっつりと黙り込んでいた間宮を思い浮かべる。とても機嫌が良いとは言えないしかめっ面《つら》だった。

「とにかく、また会《お》うてくれはるんや。嫌われたわけではないっちゅうこっちゃ。な！」

村武に声をかけられ、梓はハッとした。

そうだ。嫌いな男をわざわざ呼ばないだろう。

「あの、書いていただけるように、ようお願いしてきます」

「おう、頼んだぞ」

へえと力強く応じる。間宮に会うのは少し怖いけれど、小説を書いてもらいたい気持ちは全く衰《おとろ》えていない。

先生が何をお望みかわからんけど、わたいにできることは何でもやろう。


夕暮れ時、梓は再び『滝の尾』へ赴《おもむ》いた。今度は敢えて安価な甘栗を持参した。出迎えてくれたのは女将ではなく若女将だ。

丸い顔に柔らかな笑みを浮かべた若女将に、梓は頭を下げた。

「昨夜はほんま助かりました。お忙しいのにお手を煩《わずら》わせてすんまへんでした」

「そんなん気にせんでええんよ。お客さんのご要望にお応えするんも仕事のうちや」

若女将は兄の妻である。間宮に渡した最中を作っている和菓子店の娘で、兄や梓とは幼馴染みだ。普段は女将である母よりおっとりしているが、生け花もお茶も踊りも、そして三味線も器用にこなす。昨夜、急に三味線を弾いてくれと頼んだにもかかわらず、快《こころよ》く引き受けてくれた。

「今日も、もし何かあったら呼んでな」

「へえ、おおきに、すんまへん」

話しているうちに、昨日と同じ奥の部屋にたどり着いた。

「間宮先生、黒羽出版の扇谷さんがお越しになりました」

うん、という返事が聞こえてきた。いかにも不機嫌そうだ。

襖を開けると、間宮は昨日と全く同じ格好で胡坐をかいていた。今日も着物を身につけており、四方八方に髪が跳ねている。

気張りよし、という風にそっと梓の肩を叩き、若女将は去っていった。失礼いたします、と頭を下げて部屋に入る。

「間宮先生、本日もお時間をいただきましてありがとうございます。これ、つまらない物ですが、旨《うま》いと評判の甘栗です。どうぞ召し上がっとくれやす」

梓は甘栗の袋を差し出した。間宮のぎょろりとした目が、それをにらむ。

何を言われるのかと息をつめて見つめ返すと、間宮は濃い眉を寄せた。

「ぼうっとしていないで酌《しゃく》ぐらいしろ」

「あ、へえ。気がききまへんで、すんまへん」

慌てて謝った梓は、間宮の傍に寄った。甘栗を脇に置いて銚子《ちょうし》を手にとり、差し出された盃に酒を注《つ》ぐ。緊張のせいで銚子が震え、盃に当たってカチカチと音をたてた。叱られるかと思ったが、間宮は無言で酒を飲む。ほっと思わず息が漏れた。

「今日はお出かけやったんでっか?」

「いや」

「小説を執筆されてたとか」

「いや」

短く答えた間宮は、じろりとこちらをにらんだ。

「君、何でもすると言ったな」

「へえ。私にできることやったら、何でもさしてもらいます」

勢い込んで頷く。昨日はしくじってしまったから、今日はちゃんと間宮の要望に応えなくてはいけない。

すると間宮はぶっきらぼうに言った。

「じゃあ、服を脱げ」

「え、なんででっか?」

きょとんとして尋ねると、ただでさえ不機嫌に歪《ゆが》んでいた間宮の顔が更にしかめられた。

「君の体を好きにさせろと言っているんだ」

「好きに……?」

「そうだ。一晩、僕の相手をしろ。それができたら原稿を書いてやる」

どうせできないだろう、という気持ちが滲んだ意地の悪い物言いに、梓は瞬きをした。間宮照市に小説を書いてもらいたかったら命令には絶対服従、という噂話を思い出す。

「あの、けど、私、男でっけど……」

「知っている。それがどうした」

間宮は平然と言い返してくる。

先生は、男でもええ人なんや……。

梓はごくりと息をのんだ。『滝の尾』には様々な客が来る。店で働く者が決して他言しないからだろう、同性の情人《じょうじん》を伴《ともな》って訪れる人もいた。女将をはじめ、従業員たちがごく当たり前に受け入れていたので、世の中にはそういう人もいてはるんやなと思っていた。けど、間宮先生もそうやとは思わんかった。

黙り込んでしまった梓を見て何を思ったのか、間宮はにやりと笑った。

「できないんだろう」

「いえ、あの、で、できへんわけやおまへん」

「だったらなぜ黙っているんだ。できないならできないと言え。ただし、原稿は書いてやらないがな」

勝ち誇《ほこ》った物言いに、梓は焦った。

「で、できます！　できますけど、その、あの……」

間宮に原稿を書いてもらえるのなら何でもする。その気持ちに嘘はない。

しかし、梓には情交の経験がほとんどないのだ。

一昨年《おととし》、徴兵《ちょうへい》検査の後で初めて廓《くるわ》へ行った。徴兵検査後に小山《おやま》を買うことは、この国の男たちの恒例行事のようになっている。内心では気が進まなかったが、梓もはしゃぐ友人たちに従って出かけた。ちなみに徴兵検査の結果、梓は乙種《おつしゅ》合格だったが、籤《くじ》に当たらなかったので入営《にゅうえい》せずに済んだ。

もともと性欲が弱かったのか、特に女性がほしいと感じたことがなかったため、女性と床《とこ》を共にするのは初めてだった。しかし小山《おやま》が工夫してくれたにもかかわらず、うまくできなかった。きっと緊張してるせいやわ、気にせんとき。それより坊《ぼん》さん、女でも滅多《めった》にない肌理《きめ》の細かいしっとりした肌してはる、羨《うらや》ましいわあ。小山《おやま》に優しく慰《なぐさ》められた上に、よくわからない褒め言葉をもらったのは記憶に新しい。それきり廓へ行ったことはないし、女性と夜をすごしたこともない。もちろん、男との経験などない。

「まあ、君の熱意というのはその程度ということだな。話にならん。さっさと帰れ」

素っ気《け》ない口調に、ハッとする。間宮は意地の悪い笑みを浮かべてこちらを見ていた。

正直、怖い。それに恥ずかしい。

しかし間宮の原稿は欲しい。それに、間宮に喜んでもらいたいのも本当だ。

梓は意を決して間宮を見つめた。

「あの……、あの、私、な、何もでけまへんけど、かましまへんか」

「何もできないとは、どういう意味だ」

眉を寄せた間宮に、梓は湧き上がる羞恥《しゅうち》と恐怖と戦いながら必死で答えた。

「わ、私、その、け、経験がおまへんので……。せ、先生を、た、楽しませて、差し上げられへんと思いますけど……。そ、そんでも、よろしかったら、あの、ど、どうぞ……」

銚子を膳《ぜん》に置いた梓は、膝に手を置いてぎゅっと目を閉じた。ふん、と間宮が鼻を鳴らす音が聞こえてくる。

「そうまでして僕に書いてもらいたいのか」

「も、もちろん、書いていただけたら、こないに嬉しいことはおまへん。けど、その前に、先生に喜んでいただきたいんです」

「僕を喜ばせて書かせようというのなら、同じことじゃないか」

不機嫌な物言いに、梓はそろそろと目を開けた。その声と同じく、間宮は思い切り顔をしかめている。

「それは、そうかもしれまへんけど……、せっかく大阪に来ていただいたんですし、先生のお気持ちが、ちぃとでも晴れたらと思いまして……」

気圧《けお》されつつも、言葉に出した思いは嘘ではなかった。避難してきた間宮には、少しでも快適に暮らしてほしい。

梓の内心を読んだように、間宮は眉間《みけん》に皺《しわ》を刻んだ。

「僕は別に気が塞《ふさ》いでいるわけじゃない。下宿と行きつけの店は焼けたが、知り合いに死んだ者はいなかったし、こうして不自由のない暮らしもできている。藝者《げいしゃ》を呼ばないのも、賑《にぎ》やかなのが好きじゃないからだ。僕はもともとこういう陰気な性格なんだ。君も編集者なら、噂くらい聞いていているだろう」

ぶっきらぼうに言い捨てた間宮に、梓は曖昧に首を傾《かし》げた。

「噂は所詮《しょせん》、噂ですよって。先生がどないな方かはわかりまへんけど、一人で知らん土地で暮らすんは、どないな人でも心細いもん」

でっしゃろ、と言いかけた言葉は、突然肩を押されたことで遮《さえぎ》られた。全身に力が入ったままだったので、達磨《だるま》のようにごろんと畳に転がってしまう。

突然のことに驚いて瞬きをしていると、真上から間宮が覗き込んできた。ぎょろりとした印象の二重の目が、鋭い視線を突き刺してくる。

「ごちゃごちゃうるさいぞ。要するに君は、僕に抱かれるのが嫌なんだろう。だからそうやって理屈を捏《こ》ねて逃げようとするんだ」

「いえ、そんな、嫌やおまへん。ほんまです。わ、私なんかでよかったら、どうぞ、お好きにしとくれやす」

再び強く目を閉じた梓は、無意識のうちに手足を縮めていたことに気付いた。これではまるで拒《こば》んでいるようだ。上着の釦《ボタン》をぎこちなくはずした後、思い切って大の字になる。

「あの、先生、どうぞ……！」

今触られるか、今脱がされるかと、歯を食いしばって待っていると、ため息をつく音が聞こえてきた。

「……もういい」

え、と声をあげて薄く目を開ける。視界に映ったのは天井だった。間宮は少し離れたところに胡坐をかいている。

「あの、もうええて……」

恐る恐る声をかけると、またじろりとにらまれた。

「もういい。興《きょう》が削《そ》がれた。昨日の踊りを見たときはそれなりだったのに、何なんだ。君みたいに色気の欠片《かけら》もない奴にはその気になれない」

「そ、そんな……。すんまへん、私、あの、気張りますよって、どうぞ、しとくなはれ」

「何を気張るんだ」

「き、気張って、色気を出します」

起き上がった梓は必死で言葉を紡いだ。

間宮は一瞬、目を丸くした後、苦《にが》い物を大量に飲み込んだような顔になる。

「君は馬鹿か。気張って出るものじゃないだろう」

「す、すんまへん。けど、先生にその気になっていただかんと……！　あの、ちぃと待っといとくれやす」

どうしたら色気が出せるのかさっぱりわからなかったので、梓はとりあえずネクタイを緩めた。藝妓《げいこ》たちの艶《つや》めいた仕種を真似ようかとも思ったが、自分がしても色っぽくなるとは思えなかった。逆に気持ち悪くなるかもしれない。

ネクタイを握りしめて思案していると、再びため息を落とす音が聞こえてきた。

「もういいから皮をむけ。色気はなくてもそれならできるだろう」

「え……」

顔を上げると、間宮は梓が持ってきた甘栗の袋を乱暴に差し出した。

「察しの悪い男だな。甘栗の皮をむけと言っているんだ」

「あ、へえ、すんまへん」

慌てて袋を受け取って封を開けると、芳《こう》ばしい香りが辺りに漂った。甘栗を取り出して皮をむき、間宮の膳の上にある空《から》の小皿の端に置く。間宮は栗をすかさず口に放り込んだ。

その様子を見ていると、次、と催促《さいそく》される。慌ててもうひとつ栗をむく。まだ梓の手にあった栗を、間宮は横からさらって口に入れた。

「ひとつで足りるわけがないだろう。言われなくても次をむけ。つくづく気がきかんな」

「へえ、すんまへん」

体を縮めると間宮はただでさえ不機嫌にしかめられていた顔を更にしかめた。

「君もだが、大阪の人間はすぐに謝るな」

「え、あ、すんまへん」

「ほら、それだ。何でもかんでもすんまへんと言っておけばいいと思っているんだろう。謝れば済むと思われているのは不愉快だ」

せっせと栗の皮をむきながら、あの、と遠慮がちに口を挟む。

「大阪ですんまへんは謝るときも言いますけど、お礼を言うときとか、恐れ入りますていう意味でも使うんです」

「はあ？　なんだそれは。ややこしい。礼ならありがとうと言えばいいだろう」

「へえ、けど、昔からそういう風に言うてますよって……。すんまへん」

謝ると、間宮は眉を寄せた。

「ほら、またすんまへんだ」

「あ、すんまへん。けど、今のはほんまに謝罪の意味のすんまへんで……。すんまへん」

「何回すんまへんと言うんだ、君は」

あきれたように言われて、またすんまへんと謝ってしまう。

すると間宮は小さく笑った。彫りの深い彫刻のような面立《おもだ》ちが、少年のように無邪気に輝く。

ドキ、と胸が鳴った。

間宮先生が笑わはった顔、初めて見た。

梓に見つめられていることに気付いたらしく、間宮はすぐに笑みを消し、鬼の形相に戻る。

「手が止まっているぞ。さっさとむけ」

「へえ、すんまへん」

焦って甘栗を手にとった梓は、深くうつむいた。頬が緩んでいるのを見られたら、また間宮に怒られる気がしたのだ。

間宮先生、もっと笑わはったらええのに。

結局、抱かずに済ませてくれたことを考えても、本当は優しい人なのではないだろうか。


呉服店、洋服店、帽子屋、小間物屋、料理屋、カフェー、和菓子屋、パン屋、洋食店、書店、芝居小屋等々、あらゆる種類の店がずらりと並んだ大通りは、たくさんの人で賑《にぎ》わっていた。

女性はまだ着物を着ている者が圧倒的に多いが、男性は半数近くが洋装である。

「先生、こっちです」

着物を身につけ、中折れ帽をかぶった間宮《まみや》の少し前を歩いて案内する。間宮はうんともすんとも言わない。今日は朝からよく晴れて気持ちの良い気候だが、相変わらずの仏頂面《ぶっちょうづら》だ。

先生、背がお高いんやな。

こうして一緒に歩いていると、梓《あずさ》より拳《こぶし》二つ分ほど背が高いとわかる。室内で座って話しているときはわからなかったことが知れて嬉しい。

昨夜《ゆうべ》、間宮は甘栗を全てたいらげた。最後の一粒まで梓がむいたことは言うまでもない。

君が昨日持ってきた最中《もなか》も悪くなかったが、僕は本来、こういう駄菓子が好きだ。

甘栗をもりもりと食べながらそう言われ、最中を食べてくれたのだとわかって嬉しかった。

恐る恐る、そしたら明日、お汁粉《しるこ》を食べに行きまへんかと誘ってみた。間宮は鬼のように不機嫌な顔で、付き合ってやってもいいと素《そ》っ気《け》なく応じた。やはり嬉しくてニコニコと笑ってしまい、何がそんなにおかしいんだと結局怒られた。

今朝、間宮先生とお汁粉を食べに行ってもええですかと村武《むらたけ》に尋ねると、行ってこい行ってこいと二つ返事で承諾された。やっぱり間宮先生は扇谷《おうぎや》君を気に入らはったんやな、と上機嫌だった。

午前中は編集部で仕事をして、昼すぎに『滝《たき》の尾《お》』まで迎えに行くと、間宮はまだ部屋にいた。が、上等な大島紬《おおしまつむぎ》を身につけて帽子を用意し、出かける支度はしていた。約束した時間より早く行ったが、遅い、とまた怒られてしまった。

「お汁粉の店、昨日お持ちした甘栗を売ってる店の近くなんです。帰りにまた甘栗を買いまひょか。それとも岩こしを買いまひょか」

行きかう人をかわしながら言うと、間宮は眉を寄せた。

「岩こしとはなんだ」

「東京に雷《かみなり》おこしていうお菓子がおますやろ。あれと同じでお米使《つこ》たお菓子です。甘《あも》うて美味しいでっせ。ただ、歯が立たんくらい硬いんです。そんで江戸の頃に行われた水路工事で岩が仰山《ぎょうさん》掘り出されたんと、硬さをかけて岩おこし、略して岩こしていうらしいです」

「雷おこしは別に硬くないぞ。岩おこしはなんでそんな硬いんだ」

「さあ、お米を細こう砕いてから固めるせいやと思いますけど……。硬《かと》うて食べられんよって、なかなか減らんのがええとか」

ふん、と間宮は鼻を鳴らした。

「いかにも大阪らしい話だな」

「はあ、すんまへん」

「またすんまへんか。君が謝ることじゃないだろう」

ぶっきらぼうな物言いにも嫌な気分にならないのは、間宮の口調が昨日、一昨日《おととい》よりも軽く感じられるからだ。

笑顔はあれへんけど、たぶん間宮先生も楽しんでおられる。

そう思うだけでこちらも嬉しくなる。

ほどなくたどり着いた汁粉屋は、秋の気配が漂《ただよ》ってきたせいだろう、そこそこ賑わっていた。最近流行のカフェーのように、靴は脱がずに椅子に座って食べる方式だ。入口に近い席に腰かけて汁粉を二つ頼む。

「ちぃと狭かったでっか？」

間宮の帽子と自分のそれを壁にかけつつ尋ねると、いや、と間宮は首を横に振った。

「庶民的でいい。東京でよく行っていた店もこんな風だったからな」

「それやったらよかった」

ニッコリ笑って腰を下ろす。

間宮はじろりとこちらをにらんだ。

「君は汁粉が好物なのか」

「へ？　あ、へえ」

間宮の問いかけに慌てて頷くと、間宮は彫《ほ》りの深い顔を思い切りしかめた。

「なんだ、好物じゃないのか？　だったらなんでそんなに嬉しそうなんだ」

「や、ほんまにお汁粉は好きです。けど、それだけやのうて、間宮先生とご一緒ですよって」

「僕と一緒で嬉しいのか？」

「へえ。嬉しおす」

梓の言葉に、間宮はわずかに眉を動かした。

「そんな世辞を言っても、君のところには書かないぞ。だいたい、君は僕が怖くないのか」

思いがけないことを言われて、きょとんとする。

「怖いことおまへん」

「僕は君を好きにさせろと言ったんだぞ」

間宮は声をひそめ、怒ったように言う。

梓は我知らず笑顔になった。

「けど結局、何もせんと済ましてくれはりましたやろ。先生はお優しいです」

「はあ？　君は馬鹿か。僕は優しくなどない」

間宮が素っ気なく言い捨てたそのとき、あれ、間宮先生、と大きな声が飛んできた。店に入ってきた洋装の大柄な男が、こちらに寄ってくる。

「どうもどうも、田巻《たまき》出版の元木《もとき》です。いや、偶然でんな。こないなとこでどないしはったんでっか。同じ汁粉でも、もっと上等なもん出す店知ってまっせ。さ、行きまひょ」

さすがに店の者に悪いと思ったのか小声だったが、男はまくしたてた。

間宮は動じることなくじろりと男をにらみつける。

「僕はここの汁粉が食いたいんだ。余所《よそ》へは行かん」

「しかし先生、先生にはもっと相応《ふさわ》しい店がございます」

「僕はここで充分だと言っている」

追い払う仕種をした間宮に何を言っても無駄だと思ったのか、男は梓に目を向けた。

「おまはん、どこの者《もん》や。間宮先生はこないな店で食べるような方と違うんやぞ」

「けど、先生は甘味《かんみ》がお好きやさかい……」

「そないなことはわしも知っとる。そやからこそ相応しい店にお連れしようて言うてるんや。何も知らんくせにしゃしゃり出てくんな」

脅すような物言いに反射的に身を引きつつも、梓は言い返した。

「先生が望んではることをわかってはらへん方に、とやかく言われる筋合いはおまへん」

「何やと！」

凄《すご》んだ編集者の後ろから、店の主人である中年の男がぬっと顔を出した。そして編集者と間宮の間に強引に体を入れる。

「どうも、お待ち遠さんでした」

間宮と梓に微笑みかけて汁粉の椀《わん》を机に置く。その後、編集者の男にも笑みを向けた。が、こちらの笑みは明らかに怒っているとわかるものだ。

「こないな店で悪《わる》うおましたな」

「や、そんな、大将、言葉のアヤでんがな」

「アヤでもなんでも、言わはったんはほんまですよって」

慌てた編集者に、大将はあくまで笑顔のまま言い返した。店にいた客たちも男に冷たい視線を浴びせる。たじたじとなった編集者は梓をにらみつけてから、逃げるように店を出て行った。鼻からふんと息を吐いた大将は、こちらに向かってニッコリ笑う。

「どうぞごゆっくり」

へえ、おおきに、と梓は礼を言った。視線を感じて正面を見ると、間宮が驚いたように目を丸くしていた。

「どないしはったんでっか?」

「いや、君があんな風に言い返すとは思わなかったんでな」

「理不尽な言いがかりをつけられたら、私かて怒ります」

一見《いちげん》さんお断りの『滝の尾』だが、紹介を受けた人物でも、まれに分《ぶ》をわきまえない愚か者がいる。そうした客に毅然《きぜん》と対応する女将を見てきたから、下手《したて》に出ればいいというものではないと知っている。言うべきことは言わねばならない。とはいえ、そうした客は二度と店の敷居を跨《また》ぐことはできないのだが。

精一杯怖い顔をしてみせたつもりだったが、間宮はおかしそうに笑った。

「随分と迫力のない顔だな」

間宮の笑顔に見惚《みと》れていた梓は、え、と声をあげた。

「さ、さいでっか?」

「そうだ。少しも怖くない。せいぜい腹をすかせた子猫程度の迫力だ。だいたい、僕が理不尽な要求をしても、君は怒らなかったじゃないか」

「それは、先生は東京からお越しやよって、いろいろご不自由があるかと思いまして……」

胸が騒いでいるのを感じつつ言うと、間宮は眉を寄せた。

「前にも言ったが、同情は不要だ」

「すんまへん……」

「すんまへんは禁止だ」

「え、あ、あの……、わかりました」

またすんまへんと言いそうになるのを、どうにか堪《こら》えて頷く。

間宮は真面目な顔で頷き返してくれた。

「さあ、汁粉を食おう。冷めてしまう」

「あ、へえ。いただきまひょ」

椀からほくほくと湯気が立っている。濃い紫色の汁の中に浮かぶ白い餅《もち》は、いかにも旨《うま》そうだ。いただきます、と手を合わせて箸《はし》をとる。

間宮も手を合わせて箸をとった。ふうふうと息を吹きかけて冷ましてから餅を齧《かじ》る。

「うん、旨い」

つぶやいた間宮は、続けて汁を飲んだ。躊躇《ちゅうちょ》なく口にする様子を見て、ほっと息をつく。

よかった。気に入ってくれはった。

ドキドキと高鳴っていた胸が今度は温かくなるのを感じながら、自《みずか》らも餅を食べる。ほどよい甘さと芳《こう》ばしい香りに頰が緩《ゆる》んだ。

「美味しい」

「ああ、旨いな」

間宮が応じてくれたことが嬉しくて、ますます頰が緩む。

間宮先生に楽しんでいただきたい思《おも》て来たけど、楽しいのはわたいの方や。

挿画家《そうがか》から原稿を受け取った梓は、足取りも軽く編集部へ戻った。今日も夕方から間宮と共に活動写真を見に行く予定だ。

一緒に汁粉を食べてから十日ほどが経《た》った。梓はほとんど毎日、間宮の元へ通っている。二、三度他社の編集者とかち合ったが、梓が顔を見せると、間宮はもっと話したいと粘《ねば》る編集者たちを容赦《ようしゃ》なく追い返した。

間宮は出版社から贈り物を受け取ったり、食事を奢《おご》ってもらったりしてはいるものの、宿代を含めた生活費そのものは出してもらっていないようだった。自分の貯蓄を切り崩して生活しているらしい。うちで持ちますと言いかけて、やめた。間宮はきっと金で縛られるのを好まない。だからこそ、特定の出版社の援助を受けていないのだ。

編集者がいないとき、間宮は一人だった。藝妓《げいこ》や舞妓《まいこ》を呼んだ気配はなかった。賑やかなのは好きではないと言っていたのは本当らしい。

わたいが傍におるんを嫌がらはらへんのは、他の編集者と違《ちご》てのんびりしてるからやろか。

気がきかない、ぼんやりするな、などと怒られたり叱られたりするが、帰れとは言われない。

買って帰った岩おこしが硬すぎて嚙めない、どうしてくれる、と理不尽な怒りをぶつけられたものの、わざわざ梓を呼び出して文句を言ったということは嫌われてはいないのだろう。うるさくないからという単純な理由かもしれないが、特別扱いされているようで嬉しい。

編集部のドアを開けると、賑やかな笑い声が聞こえてきた。客が来ているようだ。会話の邪魔にならないよう、ただいま戻りました、と小声で挨拶《あいさつ》をして中へ入る。

おかえりなさい、と応じてくれたのは吉見《よしみ》だ。奥のソファには村武《むらたけ》と大住《おおすみ》が座っている。向かい側にはどっしりとした体型を洋装に包んだ、四十がらみの男が腰かけていた。

「ありがとうございます、今村《いまむら》先生。先生に毎号書いていただけるなんて光栄です」

かつて東京の学校に通っていた村武は、大阪訛《なま》りを消している。四十がらみの男——今村は鷹揚《おうよう》に頷いた。

「まあそんなに改まらずに。私も書かせてもらって嬉しいよ」

ああ、大住さん、うまいこといったんや。

今村毅《たけし》は東京在住の作家で、今は大阪に避難してきている。硬派な文学作品を書く一方で通俗小説も書く。間宮同様、今村も売れっ子だが、通俗小説は間宮の方が売れていると聞いている。

大住は今村が大阪にやって来て以降、なんとか黒羽《くろはね》出版で書いてもらおうと宿泊先に通いつめていた。

「じゃあ、さっき言ったので頼むよ」

「はい、明日にでもお持ちいたします」

うむ、と尊大に応じた今村は立ち上がった。大住がすかさず部屋の隅に置いてあった帽子とステッキを持ってくる。受け取った今村は、ドアに向かってゆっくり歩き出した。

会釈《えしゃく》したが何の反応もない。梓を無視したままドアを開けて出て行ってしまった。先生、そこまでお送りします、と大住が後を追う。

今村と大住の足音が遠ざかってからため息を落としたのは吉見だった。こちらに歩み寄ってきた村武を見遣る。

「仕事の内容のわりに原稿料が張りますけど、よろしいんでっか？　花代《はな》やら宿代やらを立て替えてる上に、あの金額では……。なんぼなんでも上乗せしすぎやないでっか」

東京から避難してきた作家の中には、大阪の出版社が原稿をほしさに下へも置かぬ接待をするのを当たり前に思っている者もいると聞く。今村もそうした作家のようだ。

しかし村武は、かめへんかめへん、と豪快に笑い飛ばした。

「今村殺の名前を載せるだけでも、充分元がとれるっちゅうもんや」

「さいでっか？　私はあの方は信用できまへんわ」

顔をしかめた吉見を、まあまあと村武が宥《なだ》めた。

「僕も完全に信用したわけやない。せやから一年分前払いやのうて、原稿料としてその都度支払うことにしたんや」

「それはよろしいおました」

吉見は不満げではあるものの、一応頷いてみせた。

「けどそう考えると、間宮先生は随分と安上がりですな。好んで召し上がるんは甘栗やら汁粉やらですし、滝の尾の宿代を出してくれとも言わはりまへんし」

「大阪の編集者だけやのうて、東京の編集者に対してもそないな態度らしいぞ。案外義理がたいお方なんかもしれんな」

しみじみと言った村武に、梓は首を傾げた。

「義理がたい、でっか？」

「せや。仰山金を受け取ったら、その分きちんと働かなあかんて思てはるんとちゃうか？　大金せしめて適当に仕事したろ、て思てはるよりよっぽど義理がたい」

「確かに、さいですね」

梓は大きく頷いた。間宮は最初こそ踊れだの体を差し出せだのと無茶な要求をしてきたものの、それ以降は無理を言わない。態度は横柄《おうへい》だし口も悪いが、不誠実ではない。

それに、最近は前より笑《わろ》てくれはるし。

声を出して笑うことはないが、たまに笑顔を見せてくれる。それがたまらなく嬉しい。

「扇谷君、今日も間宮先生と出かけるんやろ。活動写真代くらい出して差し上げろ。その程度の金はなんぼでも出すよって。間宮先生みたいなお人には、信頼関係を築くことが何より大事や。時間かかってもええさかい、信頼してもらえるように気張れ」

「へえ、承知しております」

勢い込んで応じると、村武は満足げに笑った。

活動写真館は、汁粉を食べた店と同じ通りにあった。今は講談《こうだん》を元にした児童向け小説が原作の、勧善懲悪《かんぜんちょうあく》の忍術ものや伝奇ものが主流だ。震災が起こる以前、少しずつ増えてきていた現実味を追求した時代劇とは異なり、歌舞伎のように見得《みえ》を切ったりする内容で、旧劇《きゅうげき》と呼ばれている。

結末が容易に予想できる旧劇がうけているのは、関東で起こった震災で人々の気持ちが沈んでいるせいだろう。震災に遭《あ》ったわけではない大阪だが、関東を襲った災難は、人や物を通して間接的に響いてきている。暗い気分や日頃の憂《う》さを晴らすような、単純な物語が好まれる傾向があるようだ。

「今は旧劇しかやってへんのでっけど、かましまへんか？」

今日も着物を身につけた間宮を見上げて尋ねる。中折れ帽の下にある彫りの深い横顔は、相変わらず不機嫌そうだ。が、かまわない、と間宮は応じた。

「旧劇も嫌いじゃないからな。子供の頃に読んだ本を思い出す」

「私も読みました。真田十勇士《さなだじゅうゆうし》、八犬伝《はっけんでん》、児雷也《じらいや》。どれもおもしろかったです」

「僕も真田十勇士は好きだった。猿飛佐助《さるとびさすけ》がおもしろかったな」

「私も猿飛佐助、好きでした！」

思いがけず話が合って、知らず知らずのうちにニコニコと笑ってしまう。難しい文学作品を語るのもいいが、幼い頃に親しんだ懐かしい物語について話せるのも楽しい。しかも間宮と同じ話が好きだったなんて、ますます嬉しくなってしまう。

反対に、間宮は眉を寄せた。

「これから見る活動写真も猿飛佐助が主人公なのか？」

「いえ、確か妖怪退治ものやったと思います。主演は旧劇のスター、長沼竹蔵《ながぬまたけぞう》です。あの、猿飛佐助がよかったでっか？」

「そういうわけじゃない。やけに嬉しそうだから、猿飛佐助の活動写真かと思っただけだ」

「いえ、間宮先生も猿飛佐助がお好きやったんが嬉しいて。特に東京の先生は、講談本はあんまりお好きやないと思てましたよって」

最近は下火になったものの、明治の中頃から大正のはじめにかけ、子供や庶民に爆発的な人気を誇った講談本を出していたのは、主に大阪の出版社だった。東京の出版社や作家は、もちろん全員ではないが、そうした大衆や児童向けの本を下に見る傾向があると聞く。

本心をそのまま口に出しただけだというのに、間宮は顔をしかめて厚めの唇を動かした。何を言われるのかと、少し構えてじっと見つめ返す。

するとと間宮は結局何も言わず、あきれたようなため息を落とした。

「君はおかしな奴だな」

「へ、どこがでっか」

「全部だ」

「全部……」

「そうだ。全部だ」

真顔で言った間宮にどう返していいかわからなくて、眉を八の字に寄せる。

すると、間宮は堪《こら》えきれなくなったように笑った。

「嫌な奴とは言っていないんだから、そんな情けない顔をするな」

CAFE MONDE
水無飴

先生が笑わはった顔、やっぱりええ。

ドキドキと心臓が鳴り始める。それだけでなく頬も熱くなってきた。顔が真っ赤になっているのがわかって、慌ててうつむく。

うわ、急になんやこれ。

「あれ、坊《ぼん》さんやないの。こんにちは」

明るい声が聞こえてきて、梓は振り返った。人ごみをかきわけるようにして歩み寄ってきたのはまめ千代《ちよ》だ。今日は村山大島《むらやまおおしま》の着物を身につけている。さすがは藝妓《げいこ》、通りを行きかう和装の女性たちの中でも一際垢抜《あかぬ》けて見えた。

「坊《ぼん》さん、こないなとこでどないしたん。仕事の時間やないの?」

周囲の視線などまるでないかのように、まめ千代は親しげに声をかけてきた。

「あ、うん。お姐《ねえ》さんはどないしはったんでっか?」

「うちはまめ鶴《つる》ちゃんと買い物《もん》や」

少し離れたところにいた小柄な女性が軽く会釈してくる。梓も会釈を返した。

「わたいは作家の先生と一緒に活動写真を見に来ましてん」

紹介しようと傍《かたわ》らに視線を向ける。が、いつのまにか間宮の姿は消えていた。

どこへ行ってしまわはったんや。

焦ってきょろきょろと周囲を見まわしていると、まめ千代が雑踏の少し先を指さした。

「ひょっとして、あっちにいてはるお人?」

間宮は帽子店のウインドーの前にいた。まるで最初から一人でやってきたかのようだ。

「うちが声かけるとふっと離れはったよって知らん人か思たんやけど、坊《ぼん》さんのお連れさんやったんやね。一緒にいたら邪魔になるて思わはったんやろか。ごめんね、あのお方にも謝っといてね」

「いえ、こっちこそすんまへん。またお座敷よろしいお願いします」

頭を下げて間宮のところへ行こうとすると、坊《ぼん》さん、と呼び止められた。

「ちぃと話したいことがあるんよ。近いうちに時間作ってくれん?」

「あ、へえ。承知しました。そしたら今度の日曜のお昼すぎに玉井《たまい》さんにお邪魔しまっさ。そんでよろしか?」

「うん、おおきに。待ってるし頼むわ」

小さく手を振ったまめ千代に手を振り返し、人ごみの向こうにいる間宮に駆け寄る。

「先生、すんまへん。お待たせいたしました」

頭を下げた梓を、間宮はウインドーに向けていた視線で一瞬だけ射抜いた。いつのまにか機嫌が悪くなっている。

鋭い眼差しに怯《ひる》んでいると、間宮はぶっきらぼうに尋ねてきた。

「さっきの女、素人《しろうと》じゃないだろう」

「へえ、藝妓《げえこ》はんです。邪魔してすんまへんて謝っておいででした」

「……馴染みか」

「いえ、あの、幼馴染みみたいなもんで……」

間宮の口調がいつもに輪をかけて刺々《とげとげ》しくて、答える声が小さくなってしまった。間宮は濃い眉を動かす。

「幼馴染み？　君は花街の生まれなのか？」

「へえ、さいです。あの、先生がお泊まりの滝の尾が実家です。とはいうても私は次男で継ぐ立場やないんでっけど。今し方のまめ千代姐さんも、舞妓《まいこ》のときから滝の尾のお座敷に上がってはるさかい、顔馴染みなんです」

『滝の尾』の息子だと隠しておくのも不自然な気がしたので、梓は正直に答えた。

意外だったらしく、間宮はやっとまともにこちらを見る。

「本当に滝の尾の息子なのか？　何度か君の訪問を断ったが、女将《おかみ》は何も言わなかったぞ」

「そら大事なお客さんが会いとうないて言うてはるのに、通さはりまへんやろ」

「息子でもか？」

「店に出てるときは、母やのうて滝の尾の女将ですよって」

当たり前のことを言っただけだったが、間宮は顔をしかめた。

「お堅いことだな」

「代々守ってきた滝の尾の看板に泥塗るわけにはいきまへんさかい。あの編集者はうちの息子やさかい会《お》うてやってくださいて頼み込む女将なんか、信用できまへんやろ」

間宮はなぜかじっと梓を見つめた。ここまでまっすぐに見られたのは初めてかもしれない。くっきりとした二重《ふたえ》の目をまともに見ることになって、梓は思わず顎《あご》を引いた。何もかもを見透かされるようだ。

「君のことだから嘘ではないんだろうな」

「へえ、嘘やおまへん。滝の尾の息子です」

「僕が言っているのはそのことじゃない」

「え、そしたらどのことでっか?」

首を傾げて尋ねると、間宮は口を噤《つぐ》んだ。

先生は何を嘘やと思わはったんやろ。

不思議に思ってじっと見つめる。

ぷいと顔を背けた間宮は大きな咳払《せきばら》いをした。

「そろそろ活動写真が始まる時間だろう。行くぞ」

「あ、へえ、すんまへん」

「すんまへんは禁止だと言ったはずだ」

「すんま……、う、あの、す、あっ、先生、待っとくれやす」

さっさと歩き出した間宮の後を慌てて追う。

まめ千代姐さんに声かけられた後、機嫌が悪うならはった気がしたけど、もう直ってはるみたいや。

『滝の尾』の息子だと正直に話したことで信頼を得られたのだろうか。

なんやようわからんけど、よかった。


翌日も、梓は間宮が滞在する部屋へ足を運んだ。甘栗を持って来いと言われたので、いそいそと甘栗を買った。

ああ、昨日はほんまに楽しかった。

妖怪退治の活動写真はおもしろかった。他の客たちも勧善懲悪の内容を楽しんでいた。

これからはたぶん、まるきり子供向けやのうて、けどそない難しいのうて、文学好きの大人も満足できる物語が求められる。

通俗小説がまさにそれだ。その中でも、間宮の小説はとびきりおもしろい。

間宮先生の小説も、活動写真になったらきっとおもしろいやろな。

そんなことを思いつつたどり着いた『滝の尾』の玄関には、いつもと同じくしっとりした湿り気が漂っていた。出迎えてくれた『滝の尾』の主人――兄に連れられ、奥の部屋へ向かう。

「気に入ってもらえたみたいでよかったな」

若女将に話を聞いているらしい兄に、へえと頷く。九つ年が離れているせいか、兄は父のような存在でもあった。あからさまに甘やかしたりはしないものの、母である女将が厳しかった分、それとなく慰めたり励ましたりしてくれた。

「滝の尾の皆さんのおかげです」

「うん？　なんでや」

「皆さんのおもてなしを間宮先生が気に入らはって、長う滞在《なご》しておられるさかい、こうして通わしてもらえるんです」

ふ、と兄は笑った。

「おまえも一人前のことを言うようになったもんやな。あ、若女将が赤天買《あかてんこ》うてきてくれてありがとうて礼を言うとったぞ」

「さいでっか。喜んでくれはってよかった」

昨日、活動写真の帰りに有名な蒲鉾《かまぼこ》屋に寄って赤天を購入した梓は、間宮と一緒に『滝の尾』へ戻った。そして翌日の間宮の朝食に出してくれと板前に頼んだ。

ちなみに赤天とは、魚のすり身を平たい円形に成形したものである。赤天は梓の好物であると同時に若女将の好物でもあるため、お土産《みやげ》として買って帰った。もちろん、こちらは自腹だ。

先生、赤天気に入ってくれはったやろか。

「間宮先生、扇谷さんがお越しになりました」

「そうか。入れ」

兄の呼びかけに、不機嫌そうな声が応じる。気張れよ、という風に微笑んだ兄が去るのを見送ってから中へ入る。火鉢《ひばち》が二つ出されているせいか、ほどよく暖かい。

間宮は部屋の隅にある文机《ふづくえ》に向かっていた。今日も着物を身につけている。わずかに丸まった広い背中は、まさに作家のそれだ。

もしかして小説を書いてはるんやろか。

ペンを走らせる間宮を一度も見たことがなかったせいか、たちまち胸が高鳴る。

「先生、お邪魔いたします」

脱いだ外套《がいとう》を衣紋《えもん》掛けにかけてから頭を下げると、間宮は振り返らずにうんと頷いた。

「甘栗は買ってきたか」

「へえ、買《こ》うて参りました」

「後でむけ」

承知しましたと返事をしつつ、梓はそろそろと間宮に近付いた。文机の上にあったのは、原稿用紙ではなく便箋《びんせん》だ。間宮はそこに万年筆を走らせている。眉を寄せているが、険《けわ》しい表情ではない。

「お手紙でっか?」

遠慮がちに問うと、ああと間宮は頷いた。

「しばらく返信しなかったら、病気なのか、何か困ったことになっているのかと、やたらと手紙やら電話やらをよこしてきてうるさいったらない」

「先生がお一人で大阪におられるさかい、心配しておられるんですよ」

「どうだかな。僕が心配というより、僕が書けるかどうかが心配なんだろう。まあ、カズミは本心から僕を心配しているだろうが」

ぶっきらぼうな物言いがわずかに和《やわ》らいだ気がして、梓は思わず間宮の横顔を見つめた。間宮は軽快に万年筆を走らせている。ペン先からサラサラと心地好い音があふれる。

カズミさんて誰やろ……。

間宮は独り身だと聞いているが、二十九歳の大人の男だ。情人《じょうじん》がいてもおかしくない。

ふいに強く胸が痛んだ。

当たり前のこと考えただけやのに、なんでこんな気持ちになるんや。

「今朝、君が好きだと言っていた赤天を食べたぞ」

顔を上げずに言われて、梓は我に返った。

「え、あ、どないでしたか?」

「大根おろしを添えて食べたんだが、なかなか旨かった」

「さいでっか！　よかったです。ますやの赤天は、ここいらでも評判ですよって」

自分が好きなものを間宮も気に入ってくれたことが嬉しくて、我知らずニコニコと笑顔になる。

するとと間宮はちらとこちらに視線を向けた。何ですか？　という風に首を傾げると、またふいと目をそらし、手元に視線を戻す。

「そこに本が置いてあるだろう」

「え、どこでっか？」

「床《とこ》の間の前だ」

掛《か》け軸《じく》が飾られた床の間の前を見遣ると、確かにどっしりとした装丁《そうてい》の深い緑色の本が置いてあった。間宮の著作だ。

「五月雨《さみだれ》の夜ですね。私、このご本持ってます。新聞に連載しておられるときも欠かさず読んでましたし、書籍が発売されたときは装丁の美しさにも感動しました。主人公の五月《さつき》が健気《けなげ》で、けど芯が強うて、困難にまっすぐ立ち向かうとこが好きです。婚約者の男に裏切られて、お店も取られてしもたときはどうなるかと思いましたけど、あの幼馴染みの男性が助けてくれて、五月の機転でお店も取り戻せてほっとしました」

読んだときの感動と興奮を思い出して矢継ぎ早やに言葉を紡《つむ》ぐと、間宮がゆっくりとこちらを向いた。じっと見つめられてハッとする。しゃべりすぎてしまったようだ。

「あ、すんまへん、あの、ほんまにおもしろうて、夢中で読んだもんですよって……」

口ごもると、ふ、と間宮が笑った。険しい印象が強い目が、優しく細められる。

「その本、君にやる」

低く響く声も柔らかく感じられて、梓は顔が火照《ほて》るのを感じた。耳や首筋も熱い。

優しいしてくれはるんは嬉しいけど、なんかめちゃめちゃ恥ずかしい。

咄嗟《とっさ》にうつむいた梓は、ぼそぼそと小さな声で尋ねた。

「あの、私がいただいてよろしいんでっか？」

「ああ、かまわない。中に名前を入れておいた。しかし既に持っているのならいらないか」

間宮が本に手を伸ばしたのが視界の端に映って、慌てて本に飛びつく。

「いえ、いります！　自分で買《こ》うたんは読む用にして、先生にいただいたこのご本は家宝にしますよって！」

本を胸に抱きしめて間宮に向き直ると、思ったより近くに精悍《せいかん》な面立《おもだ》ちがあった。目が合う。

ばち、と音がしたような気がした次の瞬間、不安定な体勢だったせいで、梓は畳《たたみ》に倒れ込んだ。

危ない、と言って抱き止めてくれようとした間宮も、結局は倒れてしまう。

図《はか》らずも押し倒されたような形になって、梓は恐る恐る間宮を見上げた。再び視線が合う。

間宮が真剣な顔をしていたので、目をそらすことができない。

心臓がうるさいほど鳴っているのがわかった。全身がやたらに熱い。

間宮の顔が近付いてきて、自然と瞼《まぶた》が落ちる。唇に吐息がかかった。わずかにかさついた柔らかな感触が触れて、ぴく、と全身が震える。

生まれて初めての接吻《せっぷん》に、胸が震えた。

嬉しい。間宮先生にしてもらえるなんて、夢みたいや。

そういえば、以前好きにさせろと言われたときも驚いたけれど、嫌ではなかった。

わたい、間宮先生を好いてるんや……。

尊敬や憧《あこが》れ、親しみとは別に、異性を想うように特別な感情を持っている。間宮と一緒にいたい、間宮の笑った顔を見たいと思うのは、その感情のせいだったのだ。

今まで男を好きになったことはないが、女を好きになったこともない。きっともともと同性を好きになる性質《たち》だったのだろう。そう考えれば、廓《くるわ》で小山《おやま》と寝たときにうまくいかなかったことの説明がつく。

触れただけで唇が離れてしまい、梓は物足りなさにそっと目を開けた。表情がわからないくらい近い距離に間宮の顔がある。

「嫌じゃないのか」

「へえ……」

「本当に？」

低く響く声で問われて、こくこくと頷く。

「ほんまです。先生に、してもらえて嬉しい」

本心をそのまま言葉にすると、間宮は眉間《みけん》に皺《しわ》を寄せた。

「そんなことを言うと、このまま抱いてしまうぞ」

脅すような物言いに、カアッと顔だけでなく全身が赤くなるのがわかった。しかしやはり嫌悪感はない。それどころか、心臓が更に早鐘《はやがね》を打ち始める。恥ずかしくてたまらなくて、けれど嬉しくて、梓は思わずぎゅっと目を閉じた。

「あの、あの……、わたい、い、色気おまへんけど……。そんでもよかったら……、しとくなはれ……」

どうにかこうにか声を絞《しぼ》り出すと、一瞬の沈黙の後、間宮が苦笑する気配がした。思いの外《ほか》優しく頰を撫でられる。

「君は本当に馬鹿だな。そんな簡単にしてくれなんて言うんじゃない」

うっすら目を開けると、間宮は怒ったような顔をしていた。が、少しも怖くない。瞳に宿る熱のせいだろうか。

「か、簡単やおまへん。ほんまに、ほんまに、間宮先生に、していただきたい思《おも》て……」

本を抱きしめる腕に力を込めて言いつのる。

すると、間宮は顔をしかめた。

「どっちにしろ、ここではできない」

「え、なんででっか。やっぱり、わたいが相手ではお嫌でっか……？」

「そうじゃない。ここは君の実家だろう。身内がいるところでは、いろいろと不都合だ」

「あ……」

今更ながら、ここが母や兄が働く店だと思い出して、梓は慌てて体を起こした。一部始終を見ていた間宮が小さく笑う。

その笑みが今まで見たことがないほど柔らかい気がして、ドキ、とまた心臓が跳ねた。

「あ、あの、先生、そしたら今度、あの、滝の尾以外のとこでしとくれやす」

今のやりとりをこの場で終わらせないために、梓は必死で言葉を紡いだ。

間宮は瞬《まばた》きをした後、なぜか鬼のような形相《ぎょうそう》になる。

「だから、そういうことを簡単に言うんじゃない」

「簡単やおまへん。あの、ほんまに、していただきたいんです。お願いします、先生、お願いします」

ひしと見つめると、間宮は口をへの字に曲げた。そして梓の額を指で突く。

「そんなに必死にならなくても、近いうちにちゃんとしてやる。言っておくが、したいのは君だけじゃないからな」

「え？　あの、それは、どういう……」

額を押さえた梓の問いかけを遮《さえぎ》るように、ゴホン！　と間宮は咳払《せきばら》いをした。

「それより、これを後で投函《とうかん》しておいてくれ」

ぶっきらぼうな物言いと共に、封筒が三通差し出された。本を膝の上に置き、承知しました、と受け取る。

二通には出版社の名前が書かれていた。残りの一通の宛名は、豊浦《とようら》一美だった。

きっと先ほど間宮が言っていた「カズミ」だ。住所は東京である。

高揚《こうよう》していた気持ちがスッと沈むのがわかった。同時に、ズキ、とまた胸が痛む。

カズミ――一美さんて、どういうお人なんやろ。

男だろうか、女だろうか。

友人か、兄弟か、親戚か。

あるいは、情人か。

「おい、ぼうっとしてどうした。甘栗をむけ」

「あ、へえ、すんまへん」

慌てて謝った梓は、本と手紙を手に立ち上がった。一美のことを知りたいが、間宮の東京での生活を詮索《せんさく》するようで聞きづらい。

本は衣紋掛けの下に置き、手紙は外套の内ポケットにしまった。室内を振り返ると、火鉢の上で小さなやかんがしゅんしゅんと微かな音をたてている。

「先生、甘栗と一緒にお茶召し上がりますか」

「うん、頼む」

へえと頷いてやかんを火鉢から下ろす。少し冷ましてから、傍に置かれた急須《きゅうす》で茶を淹《い》れた。この部屋を訪ねたり一緒に出かけたりしている間に、間宮は濃い方が好きだとわかったので、茶葉を多めにする。茶卓に湯呑みを載せ、間宮の前に出した。

「どうぞ。すぐに甘栗むきますよって」

梓は間宮が不要だと言った新聞を膝の上に広げ、甘栗の皮をむき始めた。横目で見遣った間宮は、ちょうど茶を啜《すす》っているところだった。一口飲んで、満足げなため息をつく。頬が緩むのを感じつつ、梓は手を動かした。

一美さんも先生のために濃いお茶を淹れて、甘栗をむいて差し上げはるんかな。

情人なら、そういうこともあるだろう。

間宮先生、東京に一美さんがいてはるのに、わたいに接吻しはったんやろか……。

一美が情人だと決まったわけではないのに、やはりどうしても気になる。

思い切って尋ねようとしたのと同時に、間宮が口を開いた。

「君は僕に、小説を書けとは言わないんだな」

ぽつりと言われて、梓は瞬《まばた》きをした。

「あ、え？　そないなことは……。先生に初めてお会いしたとき、書いていただきたいてお願いしました」

「しかし、その後は言っていないだろう」

「さいでしたか……?」

とにかく間宮と一緒にいられるのが嬉しくてたまらなくて、書いてほしいと言ったのか言っていないのか、あまり覚えていない。

梓がむいた栗を、間宮は躊躇することなく口に放り込んだ。

「なんだ、覚えていないのか? 無駄に僕に付き合っていたら編集長に叱られるぞ」

「そんな、無駄やおまへん! 先生とお話しするんは勉強になりますし、楽しいです。若輩者《じゃくはいもの》の私が言うこともちゃんと聞いてくれはりますし、大阪の出版社のことも馬鹿にしはらへんでしょう。先生はほんまにお優しいて公平な方やと思います。どうぞ」

むいた甘栗を差し出したが、間宮は受け取らなかった。不思議に思って視線を上げると、間宮は顔を背《そむ》けていた。癖の強い髪から覗く耳が赤い。

「先生? どないしはったんでっか?」

「どうもしない!」

怒ったように言った間宮は、梓の手から甘栗をひったくった。顔を背けたまま頬張り、刺々しい口調で言う。

「君は本物の馬鹿だな。僕はそんな良い人間じゃない」

「そないなことは」

「いいから黙れ。ほら、手が止まっているぞ。次の栗をむかないか」

「あ、へえ、すんまへん」

「すんまへんは禁止だと言っただろう」

不機嫌な物言いに、へえと慌てて頷いて新たな甘栗を手にとる。

先生、怒ってはるんやろか……。

ちらと見遣った間宮は顔を背けたままだった。が、出て行けとは言われない。怒ったわけではないようだ。

それでも間宮が黙り込んでしまったのが不安で、むいた甘栗を恐る恐る差し出す。

間宮は梓に向かって手を突き出した。大きな掌《てのひら》の上に甘栗を載せる。掌が素早く引っ込んだかと思うと、ぱくりと頬張った。もぐもぐと嚙み砕き、お茶を飲む。

「次」

素っ気なく言われて、思わず笑みがこぼれた。へえ、と返事をして次の甘栗をむく。心を許してもらえている気がして嬉しくなった。

あ、けど、一美さんのこと聞けてへん。

知りたいのはやまやまだが、今、良い雰囲気なのだ。詮索されて鬱陶《うっとう》しいと思われるのが嫌で口を噤《つぐ》んでしまう。

せやかてわたいは間宮先生が好きなんや。先生に嫌われたない。

翌日の日曜、梓《あずさ》はまめ千代《ちよ》がいる置屋《おきや》『玉井《たまい》』へ向かった。朝からよく晴れており、頭上には澄んだ青空が広がっている。十一月に入って気温はかなり下がってきたが、歩くには心地好《ここちよ》い。にもかかわらず、足取りは軽いような重いような、妙な感じだ。

昨日、間宮《まみや》と一緒にすごせて本当に楽しかった。甘栗をむきながら、間宮が読んできた本や過去の著作について話す時間は、実に充実していた。署名入りの本をもらえたのも嬉しかった。それにもちろん、近いうちにちゃんとしてやると言ってもらえたのも嬉しかった。

しかし、最後まで豊浦一美《とようらかずみ》のことが気になった。結局、どういうご関係なんですかとは聞けなかったのだ。

預かった手紙は昨日のうちにちゃんと投函《とうかん》したものの、一晩中、一美のことを考えてよく眠れなかった。足取りが軽いような重いような、どっちつかずの感じがするのはそのせいだ。

ため息を落としていると、『滝の尾《たきのお》』から少し歩いたところにある『玉井』に着いた。置屋は藝妓《げいこ》と舞妓《まいこ》が生活をする場所で、客を迎える場所ではない。それでもしんとした空気に満ちている。

玄関の戸を開けてごめんやすと声をかけると、玉井の女将《おかみ》、弥生《やよい》が出迎えてくれた。

「あれ、滝の尾の中坊《なかぼん》さん。おいでやす」

「こんにちは。まめ千代姐《ねえ》さんはおられますか?」

「へえ、ちぃと待ってや。まめ千代、まめ千代。滝の尾の中坊《なかぼん》さんがお越しやで」

振り返って奥に声をかけると、はあい、と返事があり、まめ千代が出てきた。数日前に会ったときと同じで日本髪は結《ゆ》っていないが、晴れ着を艶《つや》っぽく着こなしている。梓を一目見たまめ千代は、なぜか目を丸くした。

あれ、日を間違えたやろか。

一瞬焦ったものの、まめ千代がすぐ笑顔になったので安堵する。

まめ千代は弥生に向き直った。

「すんまへん、お母さん。坊《ぼん》さんと出かけてきます。夕方には戻りますよって」

「さよか。気ぃ付けて行ってきよし。中坊《なかぼん》さん、よろしお頼《たの》申します」

へえと応じて頭を下げる。弥生に見送られ、まめ千代と共に置屋を出た。

「寒《さむ》なってきたけど、気持ちええね」

「さいですな。ええ気候です」

頷いた梓の顔を、なぜかまめ千代はじっと見つめてきた。

「あの、わたいの顔に何かついてますか?」

「そうやないけど……。坊《ぼん》さん、ええ人できた?」

「え……？」

脳裏《のうり》に間宮の気難しい顔が浮かんだ。ええ人とは情人《じょうじん》のことである。

カアッと顔が熱くなって、梓は咄嗟《とっさ》にうつむいた。何も答えなかったのに、まめ千代はうふふと小さく笑う。全てお見通しのようだ。

それきりその話題には触れず、しばらく歩いて繁華街へくり出した。日曜とあって通りは老若男女でごった返している。

話をするのにまめ千代が選んだ店は、最近できたばかりのカフェーだった。画家や音楽家、作家、俳優といった藝術家だけでなく、政財界の要人も集う店で、村武《むらたけ》の弟も常連だと聞いている。

席についた梓は店内を見まわした。落ち着いた紅色の壁には絵画がいくつかかかっており、窓には色鮮《あざ》やかなステンドグラスがはめこまれている。窓辺に置かれたソファは深緑色だ。客たちは皆、コーヒーを飲みながら静かに語らっていた。ここなら込み入った話もできそうだ。

注文をとりにきた女ボーイにコーヒーを頼んだまめ千代は、ほっと息をついた。

「お休みやのにごめんね。約束があったんと違う？」

「夜に伺う約束やさかい、大事おまへん」

今日も間宮に来るように言われているのだ。一緒に夕飯を食えと言われて心が弾《はず》んだ。鬱陶《うっとう》しいと思われるのは怖いが、やはりどうしても気になるので、豊浦一美のことを聞こうと思っている。

「それやったらよかった」

まめ千代はニッコリ笑う。さすが売れっ子の藝妓《げいこ》だけあって、奇抜な格好をした人もいる店内にあっても目立つ。ちらちらと視線が飛んでくるのがわかった。

その視線を軽くいなし、まめ千代は声を潜《ひそ》めて話し出した。

「うちな、お客さんに結婚を申し込まれてるねん」

「え、そうなんでっか?」

うんとまめ千代は頷いた。細やかな気配りができて明るいまめ千代には多くの客がついている。梓より三つ年上の女盛《おんなざか》りだし、もうすぐ年季《ねんき》も明けるはずだ。それを機に一緒になりたいと思う客がいても不思議ではない。

しかし、まめ千代はあまり嬉しそうではなかった。口許《くちもと》に笑みを浮かべてはいるが、眉根が寄っている。

「お相手の方、お姐さんが想うお人やないんですね?」

梓の問いに、まめ千代は目を丸くした。

「ようわかったね」

「嫌なお客さんなんでっか?」

「そういうわけやないねん。優しいし、穏やかでええお人や。妾《めかけ》にしようていうわけやのうて、ちゃんと結婚しようて言うてくれてはる。嫌なお客さんやない」

他の花街ではどうか知らないが、この辺りでは、藝妓《げいこ》は結婚したら廃業しなくてはならない。まめ千代は貧しい農村の生まれで、十にも満たない頃に『玉井』に売られてきたというが、お座敷の仕事に誇《ほこ》りを持っている風だった。まめ千代に結婚を申し込んだのは、藝妓を辞めてもいいと思うほどの相手ではないらしい。

それやったら弥生さんにそう言うたらええ。

年季が明けるまめ千代に、店に縛られる理由はない。仕事として藝妓を続けていきたいと言えば、弥生も反対しないだろう。

や、でも、玉井さんとご縁のある方やったら断りにくいかもしれん。

「弥生さんに勧《すす》められてはるんでっか?」

「ううん、お母はんは好きにしよして言うてくれはった」

まめ千代が頭を振ったそのとき、コーヒーが運ばれてきた。芳《こう》ばしい香りが辺りに漂う。

女ボーイにありがとうと礼を言ったまめ千代は、華奢《きゃしゃ》なカップを持ち上げてコーヒーに口をつけた。梓もコーヒーを手にとり、まめ千代を見つめる。

お姐さんはなんでわたいに相談しはったんやろ。

いくら気心が知れているといっても、結婚の相談をする相手としては若すぎる。そもそも晩熟《おくて》の梓は男女の機微《きび》に通じているとは言い難《がた》い。それでもまめ千代は梓を選んだ。

ほどよい苦みのあるコーヒーが喉《のど》に落ちると同時にふと閃《ひらめ》くものがあって、梓は瞬《まばた》きをした。

たぶん、わたいが滝の尾の息子やからや。

「お姐さんが想うお人、滝の尾とご縁のあるお人なんですね」

そしてその相手は、恐らくまめ千代の想いに気付いていない。

誰やろ。まさか、間宮先生とか？

ズキリと胸が痛んだそのとき、坊《ぼん》さん、と呼ばれた。そろりと顔を上げる。まめ千代は優しい眼差しを向けてきた。

「男と女の駆け引きを見て育ったのに、ぽやんとして可愛らしかった坊《ぼん》さんがそないな顔するなんてねえ。お相手は坊《ぼん》さんの気持ち知ってはるん？」

「え、あ……、いえ……」

急に話の矛先《ほこさき》が自分に向いて、耳や首筋まで熱くなってくる。自身がどんな顔をしているのかわからなかったので、再びうつむいた。

そない顔に出てるんやろか……。恥ずかしい。

梓は慌てて話題を変えた。

「あの、わたいのことより、お姐さんの、想うお人は……」

うち？　と首を傾げたまめ千代は、淡く頬を染めて囁いた。

「建治《けんじ》さんや」

「ケンさん、でっか」

兄のように慕《した》う男の顔が脳裏に浮かんだ。正直、間宮ではなかったことにほっとする。建治とまめ千代が二人でいるところを見たことはないが、何度も『滝の尾』で顔を合わせているのは間違いない。そういえば一度、悪酔いした客に絡《から》まれたまめ千代を建治が助けているのを見かけた。もっとも、梓が知らないだけで、二人の間にはいろいろな出来事があったのかもしれない。


お姐さんが今まで何も言わはらへんかったんは、年季が明けてへんかったからかな。藝妓《げいこ》を続けなくてはいけないのに、想いを告げるわけにはいかなかったのだろう。


「建治さん、ええ人いてはる？」

遠慮がちに問われて、梓は首を傾げた。

「わたいが知る限りでは、決まったお人はいてはらへんと思います。女将にも兄さんにも若女将にも、それらしい話は聞いたことないですよって」

「ほんま？」

「へえ。まだ滝の尾に住み込んではりますし。ただ、わたいも家を出ましたさかい、絶対いてはらへんとは言い切れんのでっけど」

そっか、とまめ千代は小さく頷いた。カップを下ろし、両手で頬を包む。

「このまま結婚はでけん。やっぱり、ちゃんと言うわ」

「へえ。わたいもケンさんにそれとなく聞いてみます。他にもわたいにできることがあったら言うとくなはれ」

まめ千代も建治も、梓にとって大事な人だ。二人とも幸せになってもらいたいと思って言うと、まめ千代は嬉しそうに笑った。

「おおきに、坊《ぼん》さん」

いいえ、そんな、と応じたそのとき、店内に新たな三人組の客が入ってきた。なんとなく視線を向けると、見たことのある男の姿が目に飛び込んでくる。

今村《いまむら》先生や。

連れは見覚えのある東京の作家と、もう一人は知らない男だ。

今村は梓に気付かなかったのか、あるいはそもそも梓を覚えていないのか、こちらを気にとめる様子もなく後ろの席に腰かけた。

「そろそろ東京に戻りたいな」

今村の言葉に、そうですねと作家が同意する。

「大阪の食い物は何でも甘くていけない。特にあの甘い寿司が困る。僕はやっぱり東京の握りが好きです」

「私もだよ。大阪は食い物も人もしつこい」

ハハハハ、と三人は笑う。大阪の寿司は箱寿司といって、具材に丁寧に下味をつけ、箱の型に入れて作る。生の魚を握る東京の寿司とは異なり、確かに甘い。

けど、なんか悪意を感じる……。

梓が後ろの会話を気にしているとわかったのだろう、知ってる人？　とまめ千代が目で尋ねてくる。小さく頷いてみせると、まめ千代も頷き返してくれた。梓がこのまま二人の話を聞きたがっていると悟《さと》ったらしい。

「今日、間宮君も誘ったんですが断られました」

「そうか。あの男は偏屈《へんくつ》で付き合いが悪いからな、気にするな」

尊大に言い放った今村は、女ボーイにコーヒーを注文した。作家ではないもう一人の男が口を開く。

「間宮先生、今のところ東京の出版社だけじゃなくて大阪の出版社の依頼も受けておられないみたいですよ。うちの担当者も来年の予定を打診したら断られたと言っていました」

「なんだ、書けなくなっているのか？」

「そういう話は聞いていません。まあ、このところずっといくつも連載を抱えておられましたから、少しお休みされるのかもしれないですね」

東京の編集者らしき男の言葉に、ふん、と今村は鼻で笑う。

「何を言っているんだ、あの男の書くものは子供騙《だま》しの講談本《こうだんぼん》のような趣《おもむき》で全く中身がない。あんなものをいくつ書いたところで、疲れることなどないだろう」

確かに、と応じたのは作家だ。編集者らしきもう一人は愛想笑いをしている。

梓はカアッと頭に血が上るのを感じた。

中身が全然ない話読んで、あないに気持ちが高揚するわけないやろ。

反論する者がいなかったせいか、今村は調子づいて続ける。

「まあ、大衆にはああいうくだらない読み物がうけるから、君たち出版社も使うんだろうがね。私はできることなら、彼と同じ誌面には載りたくないな」

「私もです。今村先生のように文学作品も書いておられる作家の通俗小説は深みがありますけど、ただ通俗小説だけを書いている作家の話は、どうしても薄っぺらくなりますから」

薄っぺらいことなんかおまへん！　と怒鳴りたくなるのを堪《こら》えている間にも、二人は不愉快な会話を続ける。

「間宮君はこのまま大阪に残って、大阪の出版社と仕事をすればいいいんじゃないか。大阪は講談本の量産地だったからお似合いだよ」

「そんなことおっしゃいますけど、今村先生、大阪の出版社の雑誌に一年間連載されるんでしょう。えーと、出版社の名前、何でしたっけ。確か新しい出版社でしたよね」

「黒羽《くろはね》出版だ。しかし一年も連載する気はないよ。それまでに東京の出版社も復興するだろうから、大阪の仕事は小遣い稼《かせ》ぎのようなものだ。原稿料を一括《いっかつ》で払わせようとしたが断られてしまった。金持ちの息子が道楽でやっているような会社なのに、吝嗇《りんしょく》なことだ」

嘲《あざけ》る口調が耳に入ってきて、ただでさえ熱くなっていた頭に、ますます血が上った。吉見《よしみ》が心配していた通り、今村は原稿料を受け取っておいて書かないつもりだったのだ。しかも、黒羽出版の仕事を小遣い稼ぎだと言った。

卓子《たくし》の上に載せていた拳《こぶし》に、我知らずぎゅっと力が入った。その上に、そっとまめ千代の白い手が重なる。

思わず顔を上げると、落ち着いて、という風に微笑みかけられた。それで少し気持ちが静まる。

「まあ、間宮君が大阪の出版社の依頼を受けていないのは、近いうちに東京に戻るつもりだからじゃないか？　なんだかんだ言って、あの男も計算高いよ」

間宮が計算高いとは思わない。そんな器用な人ではない。今村の勝手な解釈だ。

が、間宮がいずれ東京へ戻るだろうという話には、ハッとさせられた。間宮が黒羽出版を含めた大阪の出版社と仕事をしていないのは事実だ。

先生は、いずれ東京に戻らはるおつもりなんや。

豊浦一美がいる東京に。

「出よか」

まめ千代が小さく囁く声に、梓は黙って頷いた。立ち上がっても、今村たちは気にとめずに話し続ける。

会計を済ませて外へ出ると、冷たい風が吹きつけてきた。繁華街の盛大な賑《にぎ》わいも、寒さを消し去ることはできないようだ。

「坊《ぼん》さん、大事《だいじ》ない？」

心配そうに問われて、へえと慌てて応じる。まめ千代の話を聞くために来たのに、今村たちの会話に気をとられてしまった。

「話の途中やったのに、すんまへんでした」

「そんなんええんよ。うちが話したかったことはもう話したし」

明るく笑ったまめ千代は、そっと梓の腕をつかんだ。

「坊《ぼん》さんに話聞いてもらえて、なんかほっとしたわ。坊《ぼん》さんが想うお人も、坊《ぼん》さんのそういう優しいてあったかいとこを好いてはるんやろなあ」

柔らかな物言いに胸が温かくなる。しかし同時に、切なく痛んだ。


まめ千代と別れた梓は、ひとまず自宅に戻ることにした。広くはないが、小唄《こうた》や三味線《しゃみせん》の師匠が住んでいるこぎれいな長屋である。

今村先生がしゃべってはったこと、社長と大住《おおすみ》さんに話した方がええやろか。

告げ口をするようで気が引けるが、会社に損失が出てからでは遅い。一応伝えておいた方がいいだろう。

そして気が付けば、間宮のことを考えていた。

間宮先生、いつ東京に戻らはるおつもりやろ……。

想いが通じても、離れ離れになってしまう。あるいは、梓のことは大阪にいる間だけの関係にするつもりなのか。

いや、先生はそないなお人やない。

嫌な想像を振り払うために一人頭を振っていると、ふいに玄関の戸が叩かれた。ごめんやす、と男の声がする。建治の声だ。

まめ千代の話を聞いたばかりだったので驚きつつも、へえと応じる。戸を開けると、『滝の尾』の法被《はっぴ》を纏《まと》った建治が立っていた。店の使いで来たようだ。

「中坊《なかぼん》さん、お忙しいとこお邪魔します」

「おいでやす。何かおましたか？」

見上げた先で、建治は眉を寄せた。

「何かあったんは中坊《なかぼん》さんでっしゃろ。どないしはったんでっか」

「どないて、どないもしてへんけど」

「嘘ついたらあきまへん。そない泣きそうな顔して」

建治が心配そうに頭を撫でてきた。子供の頃もよくこうして頭を撫でてもらった。使用人という立場だったせいか、実の兄より甘やかしてもらった気がする。心配をかけてはいけないと、梓は慌てて笑ってみせた。

「大事おまへん。それより、こないなとこへ来るてどないしたんでっか?」

「間宮先生から言付《ことづ》けを預《あず》こうてきましてん。今日の約束はなしやて言うてはりました」

まだ心配そうにしながらも言った建治に、え、と梓は思わず声をあげた。

「な、なんで?」

「理由は聞いてまへんけど、中坊《なかぼん》さんにお会いしたないそうで……。決して来させんようにて言いつかりました」

「なんで急に、そんな……」

昨日の別れ際には変わった様子はなかった。なにしろぶっきらぼうながら、明日も来いと言ったのは間宮だったのだ。

昨夜から今までの間に、何かあったに違いない。

「あの、間宮先生は、どないなご様子で……」

「間宮先生は常から難しい顔をしておられますよって、いつもとお変わりないように見えました。ただ、今日の昼間にお出かけになった後、様子が変わられた気はしました。怒っておられるといいますか、苦しんでおられるといいますか」

間宮が苦しむようなこととは何だろう。

もしかして、東京で待っておられる方に何かあったんやろか。

「お出かけになったて、どこへでっか？」

「そこまでは……。けど、外套《がいとう》と帽子を身につけてお出かけでしたよって、どなたかとお会いになったんやと思います」

建治の言葉に、梓は落ち着きなくあちこちに視線を飛ばした。間宮が心配だ。会いに行きたい。しかし間宮は梓に会いたくないと言っている。

けど、このままじっとしてられん。

「ケンさん、間宮先生は今、滝の尾に？」

「へえ、おられます」

「そしたら、今から行きまっさ」

部屋の中へ外套を取りに戻った背中に、中坊《なかぼん》さん、と心配そうな声がかかる。

「間宮先生にお会いになるんでっか？」

「うん。何があったか気になるよって」

「何かあったら若旦那《だん》さんと女将が対処しはりますよって、中坊《なかぼん》さんが行かはらんでも」

「ん、けど気になるねん」

言いながら、外套を纏って靴を履《は》く。

「後で叱られるかもしれまへんで」

「ケンさんには迷惑かけてまうかもしらんけど、すんまへん、そんでも行きます」

まっすぐに顔を上げると、建治は目を丸くした。やがてまた頭を撫でられる。すっきりとした顔には優しい笑みが浮んでいた。

「中坊《なかぼん》さんがそない一途《いちず》になってはるん、初めて見ましたわ。わかりました、わしも一緒に行きますよって」

「おおきに、ケンさん。恩に着ます」

ペコリと下げた頭を、ぽんぽんと軽く撫でられた。

ケンさん、優しい。まめ千代姐さんが好きにならはるはずや。

ふとそんなことを思って、梓は駆け出しながら尋ねた。

「ケンさん、想うお人はおる?」

「え、なんでっか、藪《やぶ》から棒《ぼう》に」

「ん、また後で」

目を丸くした建治に短く応じて梓は走った。今はとにかく間宮が気になる。

建治が途中で人力車を拾ってくれたので、思ったより早く『滝の尾』に着いた。間宮を訪ねると約束していた時刻より一時間ほど早い。

出迎えてくれたのは若女将だった。建治と一緒だったせいか、止めることなく通してくれる。が、いつもと様子が違うのはわかったらしく、心配そうな視線を向けてきた。

大事おまへん、という風に頷いてみせた梓は、間宮の部屋の前で膝をついた。建治も少し後ろに膝をつく。

室内に声をかけようとした梓は、一度は開けた口を噤《つぐ》んだ。会いたくないと言われたのに、会いに来たのだ。何か事情があるにしても、拒絶される覚悟をしなくてはいけない。

大きく息を吐いた梓は、意を決して失礼いたしますと声をかけた。

「間宮先生、黒羽出版の扇谷《おうぎや》です。突然押しかけまして申し訳ございまへん。中へ入らしてもろてよろしいでっか？」

息をひそめて返事を待ったが、間宮の声は聞こえてこない。

間宮先生、と再び呼びかけつつ襖《ふすま》に手をかけると、入るな！　という鋭い声が聞こえてきた。

「帰れ！」

怒鳴られて、びく、と全身が竦《すく》む。

ほんまに怒ってはる……。

息をのんだ梓は、勇気を出して再び声をかけた。

「あの、先生、何があったんでっか。私が何かしくじったんでっしゃろか。不手際《ふてぎわ》がおましたら謝りますよって、どうぞ教えとくれやす」

懸命に言葉を紡《つむ》ぐが、返事はない。

間宮先生、ともう一度呼びかけようとしたとき、そっと肩に手が置かれた。振り返った先で、建治が首を横に振る。

「間宮先生……!」

気が付けば、必死で呼びかけていた。

「私が嫌にならはった理由を聞かせとくれやす。理由がわからんことには帰れまへん」

みっともないとわかっていながら、声が震えるのを止められない。中で間宮が何か言った気がして耳をすませたが、あまり大きな声ではなかったので聞き取れない。

「なんでっか? 聞こえまへん」

思わず襖を開けかけた次の瞬間、開けるな! と怒鳴られた。びく、とまた全身がすくむ。

襖はわずかに小指一本分くらい開いたが、覗き込むわけにもいかず、梓はただその隙間を見つめた。

「先生、もういっぺん言うとくれやす」

身を乗り出して懇願すると、素っ気ない物言いが聞こえてきた。

「僕は君のところでは小説は書かない。だからもう来ても無駄だ」

梓は言葉につまった。確かに間宮には黒羽出版で小説を書いてもらいたい。もともとそのために通っていたのだ。

しかし今は、ただ仕事をしてもらいたいだけではない。なにしろ梓は間宮のことが好きなのだ。

「あの、先生。なんで、うちで書かへんて思わはったんでっか」

このまま会えなくなるのはどうしても嫌で、梓は食い下がった。

「端《はな》から書くつもりはなかった」

「けど、私に会《お》うてくれてはったやないでっか」

「ただの暇つぶしだ」

冷たい口調に、ズキ、と胸が痛む。今までも間宮は決して愛想が良いとは言えなかったが、少しは笑ってくれたし、声にも温かみがあった。何より、優しい接吻《せっぷん》をくれた。ぶっきらぼうながらも、ちゃんとしてやると言ってくれた。

先生は今、どないなお顔をしてはるんやろ。

その口調と同じ冷たい表情をしているのだろうか。

顔を見て話したいが、強引に襖を開けたら二度と会ってもらえないかもしれない。

「けど……、けど、そしたら、これからも暇つぶしにしはったらええやないでっか。私は、暇つぶしでかましまへん」

自然と声に涙が滲《にじ》んだ。

するると、君は馬鹿か、と苛立ったような答えが返ってくる。

「書かない作家の暇つぶしに付き合ってどうするんだ」

「それは、そうでっけど……。わ、わたい、先生に書いていただけるように、何でもしますよって……」

ぽろ、と涙が一粒頬に落ちて、慌てて手の甲で拭《ぬぐ》う。

嘘だ。書いてもらいたいから傍にいるわけではない。単に間宮の傍にいたいだけだ。

「わからない奴だな」

間宮先生、と呼びかけた声を遮《さえぎ》るように、乱暴な口調が聞こえてきた。

「せっかくこっちが気を遣ってやっているのに、はっきり言わないとわからないのか。君が嫌になったと言っているんだ。だから何をしたって無駄だ」

ズキ、とまた胸が強く痛んだ。それを合図に、ぽろぽろと涙がこぼれる。大人になってからは、こんな風に泣いたことはなかった。必死で涙を拭って尋ねる。

「なんで、嫌にならはったんでっか……」

「それもわからないのか」

「わ、わかりまへん……」

一瞬、沈黙が落ちた。やがて低く冷たい声が聞こえてくる。

「君が、嘘つきだからだ」

「そんな、わたい、嘘なんかついてまへん！」

思わず大きな声を出したそのとき、何をしてるんえ、と咎《とが》められた。歩み寄ってきたのは女将だ。

「大きい声出してどないしたんや。建治、あんたがいながら何をやってるんえ」

すんまへん、と建治が頭を下げると同時に、女将、と襖の奥から間宮が呼ぶ声が聞こえてきた。

「その男を連れて行ってくれ。会いたくないと言っているのに帰らないんだ」

「へえ、承知いたしました。お騒がせして申し訳ござりまへん」

丁寧に謝った女将は、梓をまっすぐ見下ろした。

「立ちなはれ」

凛《りん》とした物言いに、思わず強く頭を振る。止まらない涙を手の甲で拭っていると、女将は梓の横に膝をついた。

「大事なお客さんが迷惑やて言うてはる。このお茶屋の女将として放っとくわけにはいかん。帰りなはれ」

「嫌です、帰りまへん」

再び首を横に振ると、ええ加減にしよし、と叱られた。

「建治、この子連れ出して」

「へえ。中坊《なかぼん》さん、さ、行きまひょ」

そっと建治に肩を叩かれてうつむく。間宮の意志に反してここまで梓を連れて来ただけでも、建治はきっと叱られる。これ以上ごねると、余計に迷惑がかかる。

梓は仕方なくゆっくり立ち上がった。女将に頭を下げ、出口に向かってとぼとぼと歩き出す。建治がすかさず寄り添ってくれた。

肩越しに振り返ると、女将が間宮の部屋へ入っていくところだった。梓の非礼と店の不手際を詫《わ》びるのだろう。静かに襖が閉まって、ズキリとまた胸が痛む。

梓が間宮を不快にさせたことは間違いないようだ。しかし、何を仕出かしてしまったのかがわからない。

先生、わたいを嘘つきて言わはった。

嘘をついた覚えはない。間宮は何か誤解している。

このままお別れなんて嫌や。

せめて理由が知りたい。

翌日、出社した梓は事の次第を村武に打ち明けた。話を聞いた村武は低くうなった。

扇谷君がしくじったとは思えんさかい、とりあえず今のまま間宮先生に張りついとけ。昨日はたまたまご機嫌が悪かっただけかもしらんしな。どうしてもあかんかったら僕が行くよって。

編集部で仕事をこなしている間も、間宮のことが頭から離れなかった。

ちなみに、今村が話していた内容も村武に伝えておいた。そちらに関しては動じた風もなく、わかったとあっさり頷いた。ある程度予想していたようだ。

ケンさんにも迷惑かけてしもた……。

昨日の別れ際、建治に謝ると、優しく笑って頭を撫でてくれた。中坊《なかぼん》さんのお気持ちが伝わるとええですね。建治が梓の間宮に対する気持ちを察したのかはわからなかったが、その思いやりに慰められた。

夕方に会社を出た梓は『滝の尾』へ向かった。村武が言ったように、もしかしたら間宮の気が変わっているかもしれないと思ったのだ。

日が落ちるのが早くなったせいだろう、花街の店先に釣り下がった大きな提灯《ちょうちん》には、既に火が入っていた。柔らかな明かりのおかげで、冷たい風が吹き抜ける通りも心なしか暖かく感じられる。

『滝の尾』へ向かう道すがら、二人の藝妓《げいこ》と行き合った。『玉井』とは別の置屋の藝妓たちだ。まめ千代より少し年下である。

「あれ、滝の尾の中坊《なかぼん》さん。おはようござります」

「おはようござります、お座敷でっか?」

「へえ、滝の尾さんに呼ばれましてん」

一人の藝妓が嬉しげに応じる。『滝の尾』は老舗《しにせ》のお茶屋だ。そこに呼ばれるということは、一流の藝妓の証《あかし》である。

「有名な作家先生のお座敷に呼んでいただいたんです。うちも読ましてもろたことがある先生やったからびっくりしました。さすが滝の尾さん、お客さんも一流ですな」

「はる吉《きっ》ちゃん」

もう一人の藝妓が咎《とが》めるように名前を呼んだ。いくら『滝の尾』の息子でも、梓は実家を離れている。お座敷のことを軽々しく話して良い相手ではない。あ、すんまへん、と藝妓が口許《くちもと》を押さえる。

微笑んでみせたものの、心臓は不穏な鼓動を刻んでいた。

有名な作家先生て、きっと間宮先生や。

「あの、その先生のお座敷に呼ばれるん、今日が初めてでっか?」

詳しく聞くのはまずいと思いつつも、どうしても知りたくて尋ねると、はる吉を咎めた藝妓が構える気配がした。慌てて言葉を続ける。

「あの、私、今出版社に勤めてまして、先生方の花代を持つこともあるんです。どれくらいの頻度でお座敷にお姐さんらを呼んではるか、知りたい思いまして」

ああ、と藝妓は納得した顔をした。それくらいならいいかと思ったのか、答えてくれる。

「今日の先生のお座敷に呼ばれたんは初めてです」

「さいでっか……」

わたいが嫌になって暇つぶしができんようにならはったから、お姐さんらを呼ばはったんやろか……。

うつむいて歩いていくと、『滝の尾』に行きついた。今日もほどよい湿り気がある。藝妓《げいこ》たちはするすると中へ入っていったが、梓は足を止めた。昨日の今日で入りにくい。それに、間宮が今からお座敷遊びをするのなら邪魔になる。

入ろうか入るまいか躊躇《ちゅうちょ》していると、若女将と藝妓に見送られ、年配の男たちが出てきた。常連の財界人だ。思わず脇へ退《しりぞ》く。

藝妓《げいこ》はまめ千代だった。若女将と並んで、上機嫌で去っていく男たちを見送る。梓も二人が行き過ぎるのを、頭を下げて見送った。

振り返ると、若女将とまめ千代がこちらに気付いた。急いで二人に駆け寄り、帽子をとって頭を下げる。

「若女将、昨日はすんまへんでした。女将に叱られはったんとちゃいまっか?」

「うちは大事おまへん。あっちゃんこそ大事なかった?」

心配そうに問われて、へえと頷いた梓は、ほんまにすんまへんともう一度謝った。

「ケンさんも叱られはったでしょう」

「まあな。けどうちもケンさんもあっちゃんをほんまの弟やと思てるよって、気にせんでええんよ」

建治の名前が出たからか、まめ千代がわずかに肩を揺らす。それに気付いているのかいないのか、若女将はまめ千代に笑いかけた。

「まめ千代ちゃん、お疲れさん。ほな、うちは戻るわ。あっちゃん、またね」

ひらりと踵《きびす》を返した若女将を、まめ千代と共に見送る。まめ千代はほんのりと酒の香を纏《まと》っていた。財界人たちが満足げだったことを考えても、良いお座敷だったのだろう。

「お姐さん、すんまへん。昨日、ケンさんに迷惑かけてしもたんです」

「なんでうちに謝るん。うちこそ、昨日はごめんね」

「お姐さんこそ、謝ることおまへん」

二人で話していると、まめ千代がふと視線を上げた。馴染みの客でも通りがかったのかと振り向く。

そこには二人の男がいた。一人は立ち尽くしており、もう一人はこちらに歩いてくる。

突っ立っているのは、くせのある髪を四方八方に跳ねさせた和装の男——間宮だ。もともとぎょろりとした印象の二重《ふたえ》の目を、なぜか更に見開いてこちらを見ている。

『滝の尾』へ向かって歩いていた男は、連れが立ち止まったことに気付いたらしく、振り返った。どうした、間宮、と声をかける。しかし間宮はぴくりとも動かない。

「間宮先生！」

思いがけず会えたのが嬉しくて呼ぶと、間宮はふいと顔を背けた。ぼんやりとした明かりの下では表情はよく見えなかったが、笑みを浮かべていないことがわかって、ズキ、と胸が強く痛む。

間宮はズカズカとこちらに向かって歩いてきた。しかし梓には目もくれず、『滝の尾』へ入ろうとする。

「っ、あ、間宮先生……！」

必死で声をかけたが、間宮はやはり一顧《いっこ》だにしなかった。そのまま中へ入ってしまう。

「間宮先生……」

つぶやいた梓に、すみませんと声をかけてきたのは間宮と一緒にいた男だった。間宮と同い年くらいに見える男は、上等な中折れ帽と外套を身につけている。いかにも羽振りがよさそうだ。

「もともと愛想《あいそ》のない男なんですが、今日は特に機嫌が悪くて手に負えない。本当はもっと早く滝の尾さんに戻ってくる予定だったのに、ぐだぐだと酒を飲んでいるものだから、こんな時間になってしまった。きれいどころをお待たせするなんて失礼ですよね。女将にも申し訳ない。

滝の尾

よく謝っておかないと」

「余計なことを言うな！」

立て板に水を流すような男の物言いに、店の奥から間宮の鋭い声が飛んできた。が、引き返してくる気配はない。

男は怯《ひる》む様子もなく続けた。

「間宮が大阪でお世話になっている方ですよね。あの偏屈《へんくつ》な男と親しくしてやってくださってありがとうございます。どうか気を悪くしないでください。後でよく言って聞かせておきますから」

おい！　とまた間宮の声が聞こえてきた。びく、と体を震わせたのは梓だ。

一方の男は、わかったよ、と平然と応じる。

「まったく、何がそんなに気に食わないんだか。本当に申し訳ない。それでは失礼します」

頭を下げた男は、『滝の尾』の中へ入って行った。余計なことを言うなと言っただろう、なんでそんなに怒るんだ、と言い争う声が聞こえてくる。

あの人、誰やろ……。

大阪の訛《なま》りがなかったから東京の人だ。しかも間宮のことをよく知っているらしかった。親しい間柄なのは間違いない。

それより何より、間宮はやはり怒っているようだった。目が合ったのにそらされてしまったし、呼んでも応えてくれなかった。

またしても胸が強く痛んだ。目の奥も痛くなる。

もう、お話しでけんのやろか。

「坊《ぼん》さん、大事ない？」

まめ千代に心配そうに覗き込まれ、梓は慌てて手の甲で目許を擦《こす》った。

「すんまへん、大事おまへん」

まめ千代がそっと背中を撫でてくれる。

「あのお人やな？」

「え……」

「坊《ぼん》さんの想い人」

小さな囁きが耳に届いて、梓は思わず顔を上げた。まめ千代はただ微笑む。

横で見ていただけのまめ千代にわかってしまうほど、間宮を恋しく思う気持ちは面《おもて》に滲《にじ》んでしまっているのか。

先生がわたいのこと、大阪にいる間だけの関係やと考えてはるんやったら、重いて感じはったかもしらん……。

すうっと全身の血の気《け》が引くのがわかった。

いずれ豊浦一美がいる東京へ帰るのに、あまり強い想いを抱かれるのは迷惑だと感じても不思議はない。

けど、間宮先生を好きな気持ちを小《ちい》そうすることはでけん。

どないしたらええんや。


「嫌われたてほんまか？」

村武《むらたけ》の問いに、梓《あずさ》はへえと力なく頷いた。

間宮《まみや》に本当に嫌われてしまったので、これ以上傍にいることはできない。もしかしたら、これから先も黒羽《くろはね》出版には書いてもらえないかもしれない。

そう報告すると、村武は顔をしかめた。そして怒っているというより不思議そうに口にしたのが、冒頭の問いかけである。

間宮に拒まれた苦しさと悲しさと、黒羽出版に貢献できなかった申し訳なさに、梓は悄然《しょうぜん》と項垂《うなだ》れた。

「昨夜《ゆうべ》、目ぇを合わせてもらえまへんでしたし、口もきいてもらえまへんでした」

ふうんと村武は相づちを打った。やはり納得がいかない顔だ。

そのやりとりを、吉見《よしみ》と大住《おおすみ》が心配そうに見守っている。朝の編集部は来客もなく静かだ。

「そしたら僕が行くけど。今までの話を聞いてる限り、間宮先生は扇谷君《おうぎや》をかなり気に入ってはる思《おも》たけどなあ。先生に嫌われるようなことを扇谷君がするとも思えへんし」

「いえ……、あの、すんまへん……」

思わず謝ったのは、間宮に対する想いについては村武に話していないからだ。

視線をそらした間宮の姿が脳裏《のうり》から離れず、昨夜はろくに眠れなかった。

こないに好きやのに、嫌われてしもた。いや、好きすぎるさかいに嫌われてしもたんか。

「そない気にせんでええぞ、扇谷君。作家と編集者いうても、結局は人と人との付き合いや、いろいろあるわ」

村武の明るい口調に、すんまへん、と梓は小さく謝った。本当なら叱られて当然の状況なのに、励まされて恐縮してしまう。

「社長、今日仕事終わったら、久しぶりに皆で飲みに行きまへんか」

明るく提案したのは大住だ。大住は梓が伝えた今村《いまむら》の話を聞いて落ち込んでいた。今村に書いてもらうために尽力した分、梓よりもずっと衝撃が大きかったのだろう。

ええですな、と珍しく吉見が真っ先に賛同する。

「今日は急ぎの仕事もおまへんし。東京の先生方が大阪に来はってからこっち、接待以外で飲みに行ってまへんでしたよって。会計は社長持ちでお願いします」

「えっ、僕持ちか。うーん、まあええやろ。皆で飲みに行こ」

よ、社長、太っ腹！　と大住が嬉しげな声をあげたそのとき、トントンと扉が叩かれた。はい、どうぞ、と村武が返事をすると同時に扉が開く。

顔を覗かせたのは建治《けんじ》ともう一人、洋装の男だった。

あ、と思わず声をあげてしまう。昨夜、間宮と一緒にいた人物だ。

ごめんやす、と頭を下げた建治の横で、男は帽子を脱いで会釈《えしゃく》した。

「やあ、突然お邪魔して申し訳ない。社長さんと扇谷さんはおられますか」

「私が社長の村武です。どちら様ですか」

立ち上がって応じた村武が、男と建治に歩み寄る。

不安を感じた梓は、建治に視線を向けた。健治は小さく微笑んでくれる。どうやら悪い知らせではないらしい。

ほっと息をついたものの、不安は拭《ぬぐ》いきれなかった。昨夜の今朝で、間宮の気持ちが変わるとは到底《とうてい》思えなかったからだ。

「私は豊浦《とようら》といいます。東京の紡績《ぼうせき》会社に勤めております」、
男の自己紹介に、え、と梓はまた小さく声をあげてしまった。間宮が出した手紙の宛名は豊浦一美《かずみ》だった。一美の縁者なのだろうか。

一方の村武は真剣な表情を浮かべた。

「それはそれは。この度《たび》は大変なことでしたな」

「痛み入ります。ただ、幸い本社も工場も無事で、それほど大きな被害はなかったんですよ。従業員に焼け出された者がおりまして、彼らの生活の再建に力を入れているところです」

男が答えたそのとき、ああ、とふいに吉見が声をあげた。

「どっかでお見かけした思たら、豊浦さんの若社長さんですな。正孝《まさたか》様、豊浦紡績と豊浦興産は、村武と取り引きしてくださっている会社ですよ。お世話になっております」

吉見が言う『村武』は、社長の苗字ではなく、村武の実家が営《いとな》む貿易会社のことだろう。

豊浦は驚いたように目を見開いた。

「いえ、私はまだ社長というわけではないのです。村武さんの縁者の方ですか」

ええ、と頷いたのは村武だ。

「村武の若社長は私の弟なんです。家業を継がんと好きなことをやってる、不肖《ふしょう》の兄です」

「お兄様でしたか！　いやはや、これは失礼いたしました。今度の震災では村武さんには多大なご支援をいただきまして、本当に助かりました。くれぐれもよろしくお伝えください」

豊浦は改めて頭を下げた。『村武』は全国でも名を知られた大会社だ。その会社と取り引きがあるのだから、豊浦が営む会社も相当大きいのだろう。身元は確かのようだ。もっとも、一《いち》見《げん》の客はお断りの『滝《たき》の尾《お》』に出入りしている時点で素性《すじょう》は確かなのだが。間宮を『滝の尾』に紹介したのは、恐らく豊浦である。

豊浦さんと間宮先生、どういう関係なんやろ……。

「今回はお仕事で来阪《らいはん》されたんでっか？」

「ええ、それもありますけど、友人が大阪に避難していまして、様子を見に来たんですよ。間宮照市《てるいち》という作家なんです」

「ああ、間宮先生のご友人なんですか！　こちらこそ、存じ上げませんですんまへん」

あの、と梓は思わず豊浦に声をかけた。割り込む形になってしまって失礼かと思ったが、黙っていられなかったのだ。

振り向いた豊浦はじっと梓を見つめた。どこか鋭い眼差しに、わずかに怯《ひる》む。

すると豊浦は穏やかに微笑んだ。

「昨夜、滝の尾の前でお会いしましたね」

「あ、へえ。扇谷梓と申します。昨夜は失礼いたしました」

慌てて頭を下げると、こちらこそ、と豊浦は気さくに応じてくれた。

「間宮が失礼な態度をとって申し訳ありませんでした」

「いえ、そんな……。あの、豊浦さんのお名前は、一美さんでっか？」

恐る恐る尋ねる。

しかし豊浦はきょとんとした。

「いえ、私は豊浦勲《いさお》といいます。一美は妻の名前ですよ」

「妻……？」

「はい。妻は間宮の妹なんです。ですから、今の間宮は友人であると同時に義兄《あに》でもあります。専門学校時代の同級生だった間宮を義兄と呼ぶのは抵抗がありますが」

ハハハ、と豊浦は快活に笑う。

一美さんは、間宮先生の妹やったんか……。

思わず安堵のため息が漏れた。一美は間宮の情人《じょうじん》ではなかった。

けど、わたいが間宮先生に嫌われてることに変わりはあれへん。

ズキ、と胸が痛んでうつむいたが、豊浦は話を続けた。

「扇谷さん、一美の名前をご存じなんですね。間宮からお聞きになったんですか？」

「へえ、ちぃとだけ……。大阪で暮らしておられる間宮先生をご心配されてるとか……」

「妻はあの偏屈《へんくつ》な間宮を兄様兄様と慕《した》う優しい女ですからね。間宮もただ一人の妹であるせいか、妻にだけは優しいのですよ」

だけ、に力を入れて言って、豊浦は微笑んだ。

「妻に聞いた話によると、間宮は手紙に扇谷さんのことをあれこれ書いてきていたそうです。兄様が特定の誰かについてあんなに書いてくるのは珍しいと驚いていました」

おもしろそうに言葉を紡《つむ》いだ豊浦に、梓は曖昧《あいまい》な笑みを浮かべた。豊浦が言っているのがいつ一美に届いた手紙かはわからないが、今まではともかく、これから先は良いことは書かれないだろう。

梓の笑みをどう解釈したのか、豊浦はニッコリと笑った。そして村武に視線を移す。

「間宮が無礼な態度をとったお詫《わ》びと言ってはなんですが、黒羽出版の皆さんにお食事をご馳《ち》走《そう》したいと思いまして、建治さんに案内していただきました。もちろん、間宮も同席させてお詫びさせます。本日の夜のご都合はいかがですか？」

間宮先生も来はるんか……。

会いたい気持ちでいっぱいなのは確かだが、同時に、会うのが怖いとも思う。また冷たい言葉を浴びせられた挙句、無視されたら耐えられない。

「大変ありがたいお話なんですが、こちらに落ち度があって、先生がお怒りなんかもしれまへんし……」

村武の言葉に、豊浦は首を横に振った。

「扇谷さんに落ち度などありませんよ。村武さんも本心ではそう思っておられるでしょう？　間宮が勝手に拗《す》ねているだけです」

あっさり言ってのけて、梓たち黒羽出版の社員を見まわす。

「ですから、ぜひお越しください」

今度は村武が社員一同を見まわした。吉見と大住が頷いてみせる。

梓は頷くことができなかったが、村武は豊浦に頭を下げた。

「では、ご馳走になります」

仕事を終え、気が進まないまま向かったのは、『滝の尾』にほど近いお茶屋『みなと』だった。旅館としての営業はしておらず、料理を出すだけの店だ。『滝の尾』ほど格式が高いわけではないものの、季節の料理が評判の老舗《しにせ》である。急なことだったので、『滝の尾』の座敷はとれなかったらしい。

「間宮が来ていない？　本当ですか？」

座敷へ案内してもらっていると、背後から豊浦の声が聞こえてきた。

思わず立ち止まって振り返る。前を歩いていた村武たちも足を止めた。

「一度は来たけれど帰ったとかではなく、最初から来ていないんですね？」

「へえ、お見えになっておりまへん」

女将の言葉に、豊浦は顔をしかめた。

「待ってろって言ったのに何をやっているんだ、あいつは」

「滝の尾さんに人をやりましょうか」

「いや、私が行きます。人をやっても、なんだかんだ理由をつけて来ないかもしれませんから」

言って、豊浦はこちらに向き直った。

「村武さん、申し訳ない。間宮が来ていないそうなんです。今から私が連れてきますので、先に始めておいていただけますか」

「わかりました。そしたら、お言葉に甘えてお先に始めさせていただきます」

踵《きびす》を返そうとした豊浦に、あの！　と思わず声をかける。間宮が来ないのは、恐らく梓に会いたくないからだ。

間宮先生がわたいを嫌にならはったんは、しゃあない。

苦しいし悲しいし寂しいけれど、間宮に強い想いを持ってしまったのは事実だ。

けど、黒羽出版で仕事をせえへんていうんは撤回してもらわんと。

社長も吉見も大住も、高尚《こうしょう》すぎず、しかし品性のあるおもしろい雑誌を作ろうとしている。

その雑誌には、間宮の小説が必要だ。

わたいはもう先生の前には姿を見せまへんよって、どうか黒羽出版と仕事してくださいてお願いしよう。

そして宴の席に来てくれるように頼むのだ。もちろん、梓は同席せず帰宅する。

「私も、一緒に行ってもかましまへんか？」

拳《こぶし》を握りしめて言うと、ふ、と豊浦が笑う気配がした。

「ええ、かまいませんよ」

「あ、ありがとうございます！」

「では、行きましょうか」

はい！　と返事をした梓は村武たちに頭を下げた。梓の決意を察知したのか、村武は頷いてくれる。再び会釈をして、豊浦と共に『みなと』を出た。途端に吹きつけてきた冷たい風に、首をすくめる。

「間宮がいろいろとご迷惑をかけているんでしょう」

少し先を歩く豊浦に話しかけられ、いえ、と梓は首を横に振った。

「間宮先生は誠実でお優しい方ですから、迷惑やなんて……」

ぶは！　と豊浦は派手に噴き出した。おかしなことを言った覚えはないので瞬《まばた》きをする。

どうにか笑いを収めた豊浦は、申し訳ない、とやはり笑いを含んだ声で謝った。

「あの頑固で偏屈な男を誠実で優しいと評するのは、妻と君くらいだ」

「そんな……。間宮先生はほんまに優しいしてくれはりました」

「それはきっと、間宮が君を特別気に入っているからだろうな」

「いえ、私は先生に嫌われてしまいましたよって……」

うつむいて言うと、豊浦は楽しげに笑った。

「間宮は君を嫌ってなどいないよ。さっきも言ったように、勝手に拗ねているだけだ」

砕けた口調で言い切った豊浦と共に、『滝の尾』にたどり着いた。豊浦が先に中へ入り、ごめんくださいと声をかける。

おいでやす、と応じて奥から出てきたのは女将《おかみ》だった。豊浦の後ろにいる梓に目をとめたものの、すぐ豊浦に向き直る。

「豊浦様、おいでやす。今日はお役に立てまへんですんまへんでした」

「急にお願いしたこちらが悪いんですから、気にしないでください。ところで、間宮はいますか？」

「いいえ、間宮先生は一時間ほど前にお出かけになりました」

首を横に振った女将に、え、と豊浦は驚いた声をあげた。

「どこへ行ったかわかりますか？」

「そこまでは……。ただ、東京からお越しの作家の方……、今村《いまむら》先生ておっしゃいましたか。その方ともうお一人、作家の方が来はりまして、連れ立ってお出かけになりました」

間宮の身元を保証しているのが豊浦だからだろう、女将は詳しく答える。

今村先生が間宮先生を誘いに来た？

なんでや。今村先生は間宮先生を馬鹿にしてはったのに。

一方の豊浦は、てきぱきと尋ねる。

「人力車かタクシーで出かけましたか」

「いいえ、歩いて行かれました」

「そうですか、わかりました。私はみなとさんにいますので、間宮が帰ってきたら知らせてくれますか?」

「へえ、承知いたしました」

頷いた女将を置いて、豊浦と共に『滝の尾』を出た。想像していなかった事態に、不安が込み上げてくる。

「間宮先生、どこへ行かはったんでしょうか」

「今村先生が一緒だというのも心配だな」

考えていたことと全く同じ言葉をつぶやいた豊浦に、少し驚く。

「豊浦さん、今村先生をご存じなんでっか」

「まあ、少々。間宮が売れているのが気に入らないらしくて、間宮と一緒の雑誌に載るのは嫌だとごねたり、間宮の本を刊行した出版社の依頼は受けないと言ったり、いろいろと東京の編集者に聞いている」

あの男の書くものは子供騙《だま》しの講談本《こうだんぼん》のような趣《おもむき》で、全く中身がない。

私はできることなら、彼と同じ誌面には載りたくないな。

カフェーで今村が話していたことを思い出す。今村は東京でも似たような悪口を言っていたらしい。

「そないなお人が、なんで間宮先生を誘わはったんでっしゃろ」

「わからないのはそこだ。まあ、間宮はとにかく逃げたかったから誘いに応じたんだろうがね。

ところで扇谷君はこの辺りに明るいようだね。一見の客でも入れる店はわかるかい？」

「え？　ああ……、へえ。わかります」

「よかった。じゃあそこへ行ってみよう」

へえと頷く。人力車もタクシーも呼ばなかったということは、この街の中にいるということだ。今村がいくら名の知れた作家でも、一見さんお断りの店には誰かの紹介がないと入れない。つまり、今村が入れる店は限られている。

一瞬でそのことに思い至った豊浦に感心しながら、梓は花街のはずれにある天麩羅《てんぷら》屋へ案内した。『滝の尾』や『みなと』のように本格的な座敷があるわけではなく、繁華街にある饂飩《うどん》屋や鰻《うなぎ》屋のような、気軽に入れるこぢんまりとした店だ。

戸を開けると、おいでやす！　と大将の明るい声が迎えてくれた。夕飯時だからか、ほどよく賑《にぎ》わっている。人いきれのおかげだろう、外の寒さが嘘のように暖かい。

中を見渡した瞬間、ドキ、と胸が鳴った。畳《たたみ》敷きの奥の方に、こちらに背を向けた間宮の姿が見える。向かい側には、以前カフェーにいた作家の男と今村がいた。

豊浦も間宮に気付いたらしい。梓に頷いてみせ、靴を脱ぐ。三人に向かって歩き出した豊浦の後に、梓も続いた。

「君も大阪の出版社の仕事は受けていないようだし、いい加減、東京に戻りたくなっているんじゃないか？」

酔っているのか、今村の声は大きい。周囲の客が眉をひそめているのにもおかまいなしだ。

一方の間宮は何も答えない。黙って箸《はし》を動かしている。

今村は、梓が豊浦と共に近付いても表情を変えなかった。やはり梓の顔を覚えていなかったようだ。

「鹿山《しかやま》出版が君と連絡を取りたがっていたよ。東京に戻ったら、私が紹介しよう」

「今村先生のご紹介なら、相当良い条件で書けますよ、間宮先生。大阪の出版社とは比べ物になりません」

作家の男の言葉に、今村は尊大に頷いた。

「今まで通り、大阪の出版社の依頼は受けない方がいいぞ。大阪で女子供向けの仕事をしても実績にならないからな」

カフェーで聞いた通りの内容に、間宮が何も言い返さないことに胸が痛んだ。

間宮先生も、本心では今村先生と同じように思てはったんやろか……。

「私も大阪の仕事は小遣い稼ぎ程度に考えているんだ。仕事を引き受けると家賃から遊興費《ゆうきょうひ》まで出してくれるから、小遣いというよりは臨時収入か。間宮君も小遣いがほしかったら、適当に仕事を引き受けるといい」

本気とも冗談ともつかない口調で言って、ハハハ、と今村は笑う。

どうしようもなく不快になって顔をしかめたそのとき、ドン！　と大きな音をたてて間宮がぐい呑みを机に置いた。

「黙って聞いていれば、随分な言い様ですね。東京から来た作家が皆、同じように考えていると思われてしまいますから非常識なことは言わないでください。私だけではなくて、こちらに避難してきて大阪の出版社と仕事をしておられる他の方々にも迷惑千万《せんばん》だ。それに、私は大阪の出版社も東京の出版社も変わりないと思っています。良いものを作ろうとしている姿勢は同じです」

「それは、いや、しかし……。間宮君も、黒羽出版の若い社員に世話になっているんだろう。滝の尾の掛かりも頼んでいるんじゃないのか？」

「そんなことはしていません。自分で払っています」

「本当か？　あの若い社員、いかにも世間知らずで間が抜けていそうだったじゃないか。私など顔も覚えていないような存在感の薄い男だったから、適当なことを言って小遣いをせびっているんだろう。黒羽出版も、なぜあんなぼんやりした男を雇ったんだか」

「扇谷君は間抜けではないし、ぼんやりなどしていない！　真面目で誠実で優しくて、熱意を持った編集者だ！」

間宮の鋭い物言いに、びく、と全身が跳ねる。

自分の声で我に返ったように、間宮は小さく咳払《せきばら》いをした。

「僕はあなたのように集《たか》りはしません」

間宮の言葉に、今村ともう一人の男が顔を真っ赤にする。

「君、今村先生に向かって失礼だぞ！」

「君は私が集っているとでもいうのか？　君の方こそ、どうせ滝の尾の宿泊費も、資産家の親戚に出してもらっているんだろう」

「いいえ、出していませんよ」

黙ってやりとりを聞いていた豊浦が、初めて口を出した。相当驚いたらしく、間宮は勢いよく振り返る。すぐ後ろに立っている梓と豊浦を見上げて目を丸くした。今村ともう一人の男も呆然としている。豊浦はニッコリ笑って続けた。

「突然お邪魔して申し訳ないが、もうひとつ訂正させていただきたい。うちは資産家というわけではありません。親父が裸一貫《はだかいっかん》から事業を興《おこ》したのでね。ただの成り上がりです」

「豊浦、おまえ、どうしてここが……」

「扇谷君に、おまえが行きそうなところを案内してもらったんだよ」

豊浦の言葉を受け、間宮はちらと梓を見た。が、目が合った途端、顔を背《そむ》けてしまう。

ズキリと胸が強く痛んだ。

先ほどかばうようなことを言ってくれたのは、間宮が公平な人だからだろう。相手が誰であろうと、人を貶《おとし》めたりはしないのだ。

わたいはそういう間宮先生が、やっぱり好きや。

改めて自覚して、また強く胸が痛む。

「そもそもおまえが悪いんだぞ。みなとに来いって言っておいただろうが。どうして来ないんだ」

豊浦の問いに、間宮はむっつりと黙り込んだ。が、豊浦はおかまいなしに間宮の腕をつかんで引っ張る。

「さあ、行くぞ。これ以上黒羽出版の皆さんをお待たせするわけにはいかない」

「……僕は行かん」

「いい加減にしないか。いつまで子供みたいに拗ねているんだ」

「拗ねてなどいない！」

「拗ねているじゃないか。おまえが気にしていた扇谷君ならここにいるぞ。聞きたいことがあるなら聞けばいい」

間宮の意固地な態度にも、豊浦は全く動じない。友人特有の気安さで乱暴に間宮の肩を突く。痛い、やめろ、と間宮も遠慮なく文句を言う。

無視された形になった今村たちはようやく我に返ったらしく、割り込んできた。

「ま、間宮君は我々と飲んでいるんだ。邪魔しないでもらいたい」

「おや、そうですか？　言い争っておられるように見えましたが。それに、東京の編集者の方から、今村先生は間宮を嫌っておられると聞いていますよ。間違っていたら謝罪しますが、間宮を誘われたのは豊浦とつながりがあることをお聞きになったからでしょう。今更間宮に取り入っても、私は間宮にも出版社にも出資することはありません。そもそもこの男は昔から、私が援助を申し出ても決して金を受け取らないのです」

今村はぐっと言葉につまった。豊浦は目を細めて微笑む。

「東京の出版業がいつ元通りになるかわからない状況で、不安を感じておられるのはわかります。しかし、誠実な仕事をしようとしている大阪の出版社を悪し様《あざま》におっしゃるのは感心しませんね。東京の文壇の中心におられた今村先生にしてみれば、大阪の出版社と真剣に付き合うのは矜持《きょうじ》が許さないのかもしれませんが、もう少し態度を改められた方がよろしいかと思いますよ。今村毅《たけし》ともあろう作家が、ご自分の品位を下げてどうするのですか」

反論する隙を与えず一息にそこまで言った豊浦は、間宮に立てと促《うなが》した。そしてうつむいてぶるぶると震えている今村を見下ろす。

「間宮は連れて行きます。先生方はどうぞごゆっくり」

頭を下げた豊浦は、渋々立ち上がった間宮を追い立てて出入り口へ向かった。

梓はただ二人の後をついて行く。肩越しに振り返ると、項垂《うなだ》れた今村を、もう一人の男が慰めていた。

今村先生も不安やったんか……。

今村の自宅は無事だったが、生家が焼失《しょうしつ》したらしいと大住に聞いた。縁者の中には、怪我をした者もいたらしい。もともと意地の悪い人だったのは確かだろうが、被災《ひさい》したせいで、必要以上に攻撃的になっていたのかもしれない。豊浦はそのことに気付いたのだ。

さすが、大きい会社の跡取りさんや。

わたいは全然気付かんかった……。

人の心に響く小説を書いてもらうには、人の気持ちに敏《さと》くなければいけないのに、間宮への恋に夢中で周りが見えていなかった。

間宮先生は、わたいのこういうとこも嫌にならはったんかもしらん。

「先に行っていてくれ」

店員を捕まえた豊浦に促され、間宮に続いて外へ出る。

びゅ、と冷たい風が吹きつけてきて、間宮が首をすくめた。間宮は上着を身につけていない。風邪をひいては大変だ。梓は慌てて自分の外套《がいとう》を脱いだ。

「あの、先生、私のんですんまへんけど、羽織《はお》るだけでも……」

広い背中に着せかけようとすると、間宮はいきなり振り返った。迫力のある二重の目で、じろりとにらみつけられる。

「それは君が着ていろ」

「けど……」

「他に想う人がいるのに、そんなに献身的になるな。不愉快だ」

「想う人て……」

想う人なら目の前にいる。他にはいない。

間宮が何を言いたいのかわからなくて、しかし口をきいてくれたことそのものは嬉しくて、眉を寄せつつも微笑んでしまう。

一方の間宮は思い切り顔をしかめた。

「何がおかしいんだ」

「あ、すんまへん。間宮先生がお話ししてくれはるよって、嬉しいて……。それにさっき、私のこと、褒《ほ》めてくれはりましたし……」

嬉しくて、しかし切なくて苦しくて、ふいに涙が滲《にじ》んできてうつむく。手の甲で目許を拭ったそのとき、店の戸がカラリと開いた。

出てきたのは豊浦だ。一応向かい合っている間宮と梓を見比べる。

「何をやっているんだ、間宮。泣かせちゃだめじゃないか」

「人聞きの悪いことを言うな。僕が泣かせたんじゃ」

ない、と言いかけた言葉を、間宮が飲み込んだのがわかった。何を思ったのか、小さく息を吐く。そしてしっかりとした口調で、豊浦、と呼びかけた。

「おまえが今泊まっているホテルにレストランかバーはあるか」

「どっちもあるぞ。松葉《まつば》ホテルはレストランもバーも一流だ」

「そうか。では僕と扇谷君は今から松葉ホテルへ行って話をする」

「滝の尾じゃだめなのか?」

「だめだ。滝の尾には扇谷君の身内がいる」

間宮の答えには、二人きりで話をしようとする決意が滲んでいた。

「豊浦、みなとで待たせている黒羽出版の方々に、僕と扇谷君は話があるから欠席すると伝えてくれ。勝手をしてすまないと謝っておいてくれないか」

わかった、と豊浦は妙に嬉しそうに返事をする。

「ゆっくりしてこい。何なら今夜は帰ってこなくてもいいぞ」

「余計なお世話だ。扇谷君、行くぞ」

ふいに手をとられ、驚いて顔を上げる。間宮は既にこちらに背を向けて歩き出していた。引っ張られながら豊浦に頭を下げる。豊浦はニッコリ笑い返してくれた。そうしている間にも、間宮はどんどん歩いていく。

振り返らないかわりに、手はしっかりと握ってくれていたので、梓は不安な気持ちを抱えながらも間宮に従った。

タクシーに乗ってたどり着いた松葉《まつば》ホテルは、繁華街にある八階建てのモダンなビルヂングホテルだった。中には郵便電信局、銀行、医院、美粧院《びしょういん》、理髪店、食堂などがあり、外へ出なくても生活がまわるようになっているらしい。日本人が利用しやすいよう、和風の造りも取り入れられている。

間宮《まみや》はフロントで空《あ》いている部屋はないかと尋ねた。てっきりレストランかバーで話をするものと思っていたが、変更したようだ。他人に話を聞かれないようにしたかったのだろう。

ボーイが案内してくれたのは八階の部屋だった。どうやら一等の部屋らしく、広い室内は豪《ごう》奢《しゃ》な洋風の造りだ。どっしりとした大きなベッドが二つ置かれている。

間宮は窓際に置かれた椅子に無言で腰を下ろした。梓《あずさ》は外套《がいとう》と帽子を衣紋《えもん》掛《か》けにかけ、卓子《たくし》を挟んだ椅子にそろそろと腰を下ろす。

窓から街のネオンが見えたが、それを楽しむ余裕は全くなかった。やはり不機嫌そうに眉を寄せている間宮を前にしてうつむく。ここへ来るタクシーの中でも、間宮は黙り込んでいた。

豊浦《とようら》さんは、間宮先生がわたいに聞きたいことがあるて言うてはったけど、何やろ。

梓が嘘をついていると言っていた件だろうか。

沈黙に耐えきれなくて、あの、と口を開きかけると、間宮はゴホンと咳払《せきばら》いをした。そして窓に視線を向けたまま尋ねてくる。

「君は、あの藝者《げいしゃ》と幼馴染みだと言っていたが、嘘だろう」

「藝者て、まめ千代姐《ちよねえ》さんのことでっか？」

思いもかけないことを問われて、梓はきょとんとした。

「名前は知らん。昨日、滝の尾《たきのお》の前でも一緒にいただろう」

ぶっきらぼうな物言いに、ああ、と梓は小さく声をあげた。間宮が言っているのは、やはりまめ千代のことだ。

「嘘やおまへん、まめ千代姐さんは幼馴染みです」

「じゃあ、なぜ往来で腕を組んでいた」

「腕を組む……？」

梓は首を傾《かし》げた。腕など組んでいない。――いや、一昨日《おととい》、カフェーの帰りにまめ千代に腕をつかまれた。間宮はどこかから見ていたのだろうか。

「幼馴染みて言いましても、まめ千代姐さんは私にとって姉みたいな人なんです。せやから、私の気持ちが沈んでたんを察して、慰めてくれはったんです」

本当のことを正直に言っただけだったが、間宮はちらともこちらを見なかった。

「なぜ気持ちが沈んでいたんだ」

「それは……、あの……」

「言えないのか？　言えないということは、やはりあの藝者が幼馴染みというのは嘘なんだな」

鋭く問われて、梓はびく、と全身を揺らした。このまま黙っているわけにはいかない。

「う、嘘やおまへん。私……、私は、心から、間宮先生をお慕《した》いしてるんです。けど、先生は大阪でお仕事をしてはりまへんでっしゃろ。先生はいずれ東京へ戻らはるんやて思《おも》たら、悲しいなって……。すんまへん……」

少しずつ声が小さくなっていったのは、間宮の反応が怖かったからだ。

間宮がまじまじと見つめてくるのがわかる。やはり重いと思われただろうか。覚悟していたはずなのに、怖くて体を縮める。

「それは、本当なのか」

間宮の怒ったような声が聞こえてきて、梓は思わず顔を上げた。

「へ、へえ！　まめ千代姐さんはほんまに幼馴染みです」

懸命に言うと、間宮は不機嫌そのものの鬼のような顔で言い返してきた。

「聞いたのはそのことじゃない。君が、僕を好きだという話だ」

「ほ、ほんまです。好きやないのに、だ、抱いてほしいてお願いするわけおまへんやろ」

「君は僕に原稿を書いてほしいから、体を差し出すのだと思ったんだ」

「そんな、間宮先生以外のお人に、そないなことしまへん」

泣きたいような気持ちになって、答えた声が震えた。間宮の顔を見ていられず、再びうつむいてしまう。

「……よかった」

聞こえてきたつぶやきに、恐る恐る顔を上げる。間宮はこちらを見ておらず、窓の方を見ていた。彫りの深い彫刻のような横顔は真っ赤だ。

「よかったて、何がでっか……？」

「君が僕にしてほしいと言ったのが、原稿のためじゃなかったからだ」

大きく息を吐いた間宮は、こちらに視線を向けた。そして乱暴に口を開く。

「一昨日、豊浦と食事をした帰りに、藝者と腕を組んで歩く君を見た。君が嘘をついたんだと思った。おまけに昨日も一緒にいただろう。いかにも親しげだった。だからいよいよ嘘をつかれたと思ったんだ。僕の接吻《せっぷん》を拒《こば》まなかったのも、してほしいと言ったのも、単に僕の原稿がほしいだけだったんだと思って腹が立った。最初に僕が書いてほしければ好きにさせろと言ったのだから自業自得だとも思ったが、それでも、どうしても君が僕以外と情を通わせるのは我慢ならなかった」

「そんな……。さっきも言いましたけど、まめ千代姐さんは、ほんまに姉みたいなお人なんです。それに、まめ千代姐さんには想うお人がいてはりますし。わたいの愛《いと》しいお人は、間宮先生だけです」

誤解してほしくなくて必死で言葉を紡《つむ》ぐと、間宮はうつむいた。

「──わかった。誤解していて悪かった」

「いえ……、わたいも、すんまへんでした……」

今更ながら熱烈な告白をしてしまったことに気付いて、梓もうつむいた。たちまち顔が火照《ほて》ってくる。否、顔だけではない。耳も首筋も、そして胸の内も、どこもかしこも熱い。

間宮先生、まめ千代姐さんに嫉妬しはったんや……。

それだけ好いていてくれる。

嫌われたとばかり思っていたから、余計に嬉しかった。歓喜の渦《うず》に巻かれて、目眩《めまい》すらする。

「あー……、話はできたし、今からでもみなとに行くか」

間宮が立ち上がろうとする気配がして、梓は思わず顔を上げた。

「あの、けど、豊浦さんはゆっくりしてこいて……」

腰を浮かせた間宮と目が合った。しかしまたすぐにそらされてしまう。

「いや、ゆっくりはできない」

「なんででっか?」

「君のためだ」

「私のためを思てくださるんやったら、ちぃとだけでもゆっくりしとくなはれ」

遠慮がちにねだると、間宮は再び鬼のような形相《ぎょうそう》になった。

「こんな密室に二人きりでいたら、おかしな気分になるだろう」

「お、おかしな気分になってくれはって、かましまへん。ここには、私を知る人は誰もおりまへんよって。ちゃんとしてやるて、言うてくれはりましたやろ。今、してほしいです。しとくなはれ、間宮先生。お頼《たの》申します」

必死で懇願《こんがん》するなり、ぐいと腕を引っ張られた。驚いて瞬《まばた》きをした瞬間、強く抱きしめられる。間を置かず腰に腕がまわった。間宮の方が拳《こぶし》二つ分背が高いので、肩に額を預ける形になる。

間宮に抱きすくめられても、やはり少しも嫌ではなかった。それどころか、痺《しび》れるほど気持ちがいい。

「……いいのか？」

耳元で低く響く声が尋ねてきて、ぞくりと背筋が震えた。

「へえ、してほしいです……」

掠《かす》れた声で応じると、ゆっくり上半身が離された。一瞬、もう抱きしめてもらえないのかと不安になったものの、腰にまわった腕はそのままだったので、素直に間宮を見上げる。

間宮の表情を確かめたかったが、距離が近すぎてよくわからなかった。間宮先生、と呼びかけた唇を塞《ふさ》がれる。

「んっ、ん……！」

濡れた感触が差し入れられ、びく、と全身が跳ねた。深い接吻はまだ誰ともしたことがない。どうしていいかわからなくて固まっていると、間宮に口内を舐《な》めまわされた。

ああ、凄《すご》い、気持ちええ……。

息がうまくできなくて苦しいのに、やめてほしいとは思わない。むしろもっとしてほしい。

「ん、ぅん、んう」

間宮が角度を変えて息を継がせてくれるのにもかかわらず、うまく呼吸できなくて、喉の奥から甘えたような声がひっきりなしに漏れてしまう。

羞恥《しゅうち》を感じて身じろぎすると、ようやく唇が離れた。は、と濡れた吐息が漏れる。

「抱いてもいいか……？」

耳に直接注がれた問いかけに、カクリと膝が崩れた。間宮が慌てたように支えてくれる。

「おい、大丈夫か？」

「す、すんまへん、大事《だいじ》おまへん……」

しっかりと抱き止めてもらえているのが嬉しくてたまらなくて、胸の内にある熱い想いを、そのまま唇に乗せた。

「先生が、お嫌やなかったら……、抱いとくなはれ」

間宮は低くうなった。否とも応とも答えは返ってこなかったが、間違いなく抱いてもらえると梓は確信した。

上着とベストを脱がされ、ベッドに押し倒された。柔らかなスプリングが背中を受け止めてくれると同時に、再び唇を塞がれる。

「ん！　うん……」

二度目の深い口づけは、一度目のそれよりも貪欲《どんよく》だった。舌をからめとられ、きつく吸われる。唾液《だえき》が混じり合って淫靡《いんび》な音をたてた。

息がうまくできなくて苦しいが、やはり少しも嫌ではない。口の中が熱くて蕩《とろ》けていくようだ。

接吻て、こない気持ちええんや。

触れるだけの接吻もよかったが、深い口づけはもっといい。

息を継ぐために離れた唇の隙間から、ちゅく、と淫靡な水音が漏れた。その音に、体が小さく跳ねる。再び深く唇が合わさった。口内を情熱的に貪《むさぼ》られ、また体が跳ねる。

我知らず敷布をつかんだ手の上に、間宮の手が重なった。指を開かされ、しっかりと手を握られる。きゅ、と握り返すと唇が離れた。口づけの激しさを証明するように、細い糸が互いをつなぐ。

「は、あ……」

自分自身も初めて聞く色めいた声に驚いて、咄嗟《とっさ》に口を閉じる。が、息があがっているせいですぐに唇が解けた。たちまち漏れた声は、やはり初めて聞く扇情的な響きを持っている。

こんな声、恥ずかしい。

思わずきつく目を閉じると、首筋に口づけられた。間宮のくせの強い髪に顎《あご》や耳をくすぐられると同時に、しっかり握られていた手が離れる。寂しさを感じる間もなく、直接胸に触れられた。いつのまにかネクタイが取り払われ、シャツの釦《ボタン》は全てはずされている。

首筋や喉《のど》、鎖骨《さこつ》に口づけられ、軽く歯をたてられ、舐《な》められた。熱い掌《てのひら》で胸や脇腹を撫でまわされる。

「ん、あ、先生……」

くり返し肌を愛撫され、その度《たび》にびくびくと反応してしまう。どこを触られても感じてしまうのに、執拗に撫《な》で摩《さす》られては、とても声を抑《おさ》えられない。

男やのにこんなん、間宮先生に嫌われたらどないしよう。

「君の肌は、いったいどうなっているんだ」

うなるような声が胸元から聞こえてきて、梓は涙で霞《かす》む目を下に向けた。間宮は熱心に肌を撫で続けている。

「ん、おかしい、でっか?」

「ああ、おかしい。こんな絹のような手触りの白い肌は、見たこともないし、触れたこともない。吸いついてくるようだ」

「お、お嫌でっか? 色気、おまへんか……?」

不安になって震えながら尋ねると、間宮は熱いため息を落とした。

「何を言っているんだ、嫌なわけがないだろう。この肌が僕のものだなんて、夢のようだ」

熱っぽく囁いた唇が、梓の首の付け根や鎖骨を這いまわる。あ、あ、と小さく声をあげると、ようやく唇が離れた。

顔を上げた間宮は、剝き出しになった梓の上半身を見下ろした。大きく上下する胸や腹の上に、強い視線を感じる。

あかん、そないに見られたら……。

先ほどから腰に熱が溜まってきているのだ。性器が立ち上がりかけている。触れてもいないのにこんな風になるのは、生まれて初めてだ。滅多《めった》にしない自慰でも、高ぶらせるにはもっと時間がかかる。

恥ずかしくてたまらなくてきつく目を閉じると、間宮の指先がそっと乳首に触れた。あ、と堪える間もなく声が出てしまって驚く。まさか乳首で感じるなんて、想像もしていなかったのだ。

「ここは交じり気《け》のない桃色だな。近くで見た方が、やはりきれいだ」

「す、すんまへん……」

「こんなに蕩けそうな美しい色なのに、なぜ謝る」

間宮は梓の乳首の形を確かめるように指先でたどった。固く尖《とが》ったそれをつまんだかと思うと、もう片方の乳首に口づける。

片方を揉《も》まれ、もう片方をきつく吸われて、びくん、と全身が跳ねた。

「あきまへん、そこ、そないに、したら……！」

間宮の頭を退《ど》かせようとするが、手が震えてうまくいかない。間宮は口と手で熱心に愛撫を続ける。舌先で先端だけでなく周囲も舐めまわし、指先で強く押し潰す。

「は、あ、先生、間宮先生……」

背中が弓なりに反《そ》る。その拍子に間宮の唇と手が離れた。が、すぐにまた唇が吸いついてくる。

「あっ、やめ」

あきまへん、と続けようとした言葉は、腹をつたった間宮の手に遮《さえぎ》られた。熱い掌は躊躇《ためら》うことなく緩《ゆる》んでいたズボンの中に潜り込む。

「や、あか、あきまへん、いや」

今更のように身をよじったものの、下帯の上から間宮の手に性器を捕えられてしまった。

「ああ、もう濡れている」

感心した物言いに、羞恥が倍増する。

「いや、いやっ……、離しとくなはれ……！」

「僕に触られるのが嫌なのか？」

間宮の熱っぽい問いかけに、梓は反射的に首を横に振った。間宮に触れられるのは、本当に少しも嫌ではなかったからだ。

「嫌やない、です……。ただ、こないなん、初めてで、恥ずかしいて……」

そうか、と間宮はひどく優しい声で応じた。

「何も恥ずかしがることはない。気持ちがいいなら、素直に喘《あえ》げばいい」

「けど……、先生、わたいのこと、嫌にならはりまへんか……?」

性器を握られたままだったので、掠《かす》れた声で問う。

間宮は一瞬、なぜか言葉につまった。が、やはり優しい声で尋ね返してくる。

「なぜ僕が君を嫌になるんだ」

「やって、わたい、男やのに……。変な声がいっぱい出るし……、体も、すぐに高ぶってまうし……」

「感じやすいのはいいことだ。それに、変な声じゃない。いい声だ。僕はもっと聞きたい」

低く響く声で言うなり、間宮は梓の劣情を愛撫し始めた。

「あ！　あか、あきまへん……！」

布越し故《ゆえ》に、擦れる感触が激しい愛撫に加わり、痛いような快感に襲われる。自分でも信じられないくらい、あっという間に高ぶってしまった。

「や、あきまへん……、もう、も……！」

腰が淫《みだ》らに揺れ動く。間宮に揉みしだかれている性器だけでなく、今は触れられていない乳首まで熱く痺《しび》れて、上半身もくねる。

「も、いく、いきますよって、離しとくなはれ……！」

涙が滲んだ声で懇願するが、愛撫はやまない。それどころか、下帯が緩むほど激しく扱《しご》かれ、梓は身悶《みもだ》えた。

「あ、あっ、いく……！」

「いきたいなら、いけばいい」

「けど、先生、先生っ……！」

「いいからいけ。見ていてやるから」

情欲に濡れた声で促《うなが》され、梓はとうとう達した。溜まっていた快感が爆発して、全身がピンと反り返る。掠れた嬌声《きょうせい》が唇からあふれた。迸《ほとばし》ったものが下帯をたっぷりと濡らすのがわかる。放出が終わってぐったりと四肢《しし》を投げ出しても、快感は去らなかった。

こない気持ちええの初めてや……。

恍惚と乱れた息を吐いていると、緩んでいた下帯ごとズボンをゆっくり引き抜かれた。ついでに靴下も脱げる。布が肌に擦れる感触だけでも感じてしまって、あ、あ、と切れ切れに嬌声が漏れた。

「君は、こんなところまできれいなんだな」

言われたことの意味がわからなくて、うっすら目を開ける。滲んだ涙で焦点が合わなくても、間宮が性器を見つめているのがわかった。

それは一度達したにもかかわらず、緩やかに高ぶっている。刹那《せつな》、一度は薄れた羞恥が湧き上がってきた。

「や、嫌です、見んといとくなはれ」

隠そうとした手は、いとも簡単に払いのけられた。間宮は濡れて震えている性器だけでなく、湿り気を帯びた淡い茂みや、しどけなく開かれた白い脚を、熱い視線で撫でるように見つめる。

そして最後に、再び性器に視線を移した。

「恥ずかしがらなくていい。こんなに艶《なま》めかしい色は見たことがない。食べてしまいたいくらいだ」

「そないなこと、言わんといとくなはれ……、あ、先生、あかん、あきまへん……！」

焦って声をあげたときには、間宮の口に性器が含まれていた。触られるだけでもひどく感じてしまったのだ。丁寧に舐められ、執拗《しつよう》に吸われて甘い声が次々に漏れる。羞恥だけでなく申し訳なさから、声に涙が滲んだ。

「先生、先生、そんなんしはったら、あきまへん……！　汚い、汚いから……、頼むさかい、離しとくな、あ、あぁ」

唇を使って幹を扱かれて、制止の言葉は嬌声に変わった。浮いた腰をつかまれ、間宮の口内の奥深くにまで含まれる。間を置かずに根元から先端まで吸われて、長く尾を引く嬌声があふれた。

本当に食われてしまいそうで怖い。しかし同時に、ぞくぞくと背筋に寒気のような快感が走る。間宮にならば食べられてもいいと思ってしまう。

「も、あかん、出る、出てまう……！」

悲鳴のような声で訴えた次の瞬間、先端を舌で抉《えぐ》られ、梓は二度目の絶頂を迎えた。間宮の口の中に欲の蜜《みつ》が勢いよく放たれるのを感じて、泣き声とも嬌声ともつかない声を漏らしてしまう。

「あ、は、出して……、出しとくなはれ……」

必死で頼むが、間宮の口は離れない。涙で霞《かす》んだ視界に、間宮の尖《とが》った喉仏《のどぼとけ》がゆっくりと動く様子が映った。梓が放ったものを飲んでいるのだ。

「や、あかん……、そないなこと、あきまへん……、あ、あっ……」

全てを飲み込んだ間宮に性器を舐められ、掠れた声が出た。羞恥と申し訳なさと恐れが複雑に入り混じり、ぽろぽろと涙がこぼれる。

間宮は口許を拭いながら顔を上げた。泣いている梓を見て、わずかに目を見開く。

「どうした、嫌だったのか？」

「いいえ、いいえ……。嫌やおまへん……。ただ、申し訳のうて……。すんまへん……」

ぐずぐずと泣きながら謝ると、間宮は目を細めて笑った。

「泣くな。それにすんまへんは禁止だと言っただろう。僕がどうしてもしたかったからしたんだ。我慢できなかった」

「う……、そんなん……、ほ、ほんまに、したかったんでっか……?」

「ああ。何度でもしたい」

「あきまへん、そない何回も、あきまへん」

くたりと力を失ったものに口づけられ、梓は焦って腰をよじった。しかし二度続けて濃厚な快感を味わった体は、少しも言うことをきかない。ただ艶めかしく腰を揺らしただけに終わってしまう。

「なんだ、誘っているのか?」

からかうような物言いに、梓は顔が真っ赤になるのを感じた。

「そんな、そんなんしてまへん……!」

「わかったわかった。今日はもう口ではしないから」

「ほんまでっか……?」

「本当だ。安心しろ」

間宮が白い歯を見せて笑う。情欲と愛しさを等分に映し出した精悍《せいかん》な面立ちに、梓は我知らず見惚れた。

今まで気付かなかったが、間宮は諸肌《もろはだ》を脱いでいた。着やせするらしく、想像していたよりもずっとたくましい上半身が露《あら》わになっている。その素肌は上気し、汗ばんでいた。

ああ、わたいに欲情してくれてはる。

ぞく、とまた背筋が快感に震えた。自然と腰が揺れる。その動きに気付いたのか、間宮は梓の腿《もも》を思わせぶりに撫でた。あぁ、とまた声が漏れる。

「次は違うところで気持ちよくしてやるからな」

手触りを楽しむように内腿《うちもも》を撫でまわしながら、間宮が甘い声で囁く。

「ち、違うとこ、でっか……?」

脚の付け根の際《きわ》どいところまで愛しげに撫でられ、震えながら首を傾げると、間宮に膝の裏を持ち上げられた。もともと体が柔らかいので、間宮にされるまま大きく広げられる。

「や、いやです、こないなかっこ……!」

既に二度も達したというのに、またしても立ち上がろうとしている性器だけでなく、その下にある膨《ふく》らみ、更に下にある窄《すぼ》まりまでも露わになっている。先ほど間宮が愛撫してくれたときにあふれた先走りが滴《したた》り落ちたせいだろう、それらがしっとり濡れているのがわかる。

羞恥のあまり、いやいやと首を横に振ると、間宮は熱いため息を落とした。

「恥ずかしがらなくていい。ここもきれいな色だ」

「嘘、嘘や……。そないなとこ、きれいなわけ、おまへんやろ……」

「嘘じゃない。君は自分で見たことがないから知らないだろうが、艶やかな桃色だ。淫靡な花の蕾《つぼみ》のようで、美しい」

からかうのではなく真面目な口調で言った間宮は、固く閉まった窄まりを指で撫でた。

「あっ、や、いや、そないなとこ」

「ここでつながるんだ。だから解《ほぐ》さないといけない」

梓は息をのんだ。男同士の性交がそこで行われることは、知識として知っている。やり様によっては、男女の交わりに負けず劣らずの――、否、それを凌駕《りょうが》する快感を得られることも知っている。

「嫌か……?」

間宮の問いかけに、梓は考えるより先に首を横に振った。間宮をもっと感じたい気持ちに嘘はない。

「間宮先生は、嫌やないんでっか……?」

「嫌なわけがないだろう。むしろ僕は、君のここに入れたくてたまらない」

ここに、と言いながら、間宮は梓の後ろを指先で撫でた。ふる、とまた体が震える。同時に、体の奥がじんと熱く痺れた。唇からも熱いため息が漏れる。

恥ずかしいてたまらんけど、体は間宮先生をほしがってる。

「先生が、お嫌やなかったら……、入れとくなはれ……」

「いいのか?」

恥じらいながらもへぇと頷くと、膝頭《ひざがしら》に口づけられた。続けて外気にさらされた内腿にも口づけられる。

間宮は唇で肌を味わうように撫でた後、きつく吸って赤い印をつけた。ひとつだけでなく、いくつも赤を残す。

ん、とまた声をあげた梓に、間宮が囁きかけた。

「気持ちよくしてやるからな」

「わたいは、ええんです……。もう充分、気持ちよう、してもらいましたよって……。次は、先生に気持ちようなってほしい……」

本心を口に出しただけだったが、馬鹿、と怒られてしまった。

「そんなに煽《あお》るな」

「そんな、煽ってまへん」

「嘘をつけ。僕はさっきからずっと煽られっぱなしだ」

言うなり、間宮は後ろに指を潜《もぐ》り込《こ》ませた。びくん、と腰が跳ねたのを利用して、更に奥まで入ってくる。

「は、あっ……」

梓はきつく目を閉じて喘いだ。痛い。苦しい。内臓を内側から押し上げられているようで、息がうまくできない。

腰に集まりかけていた熱が散っていくのがわかった。生まれて初めての慣れない感覚に、冷や汗が滲む。

「もう少し、我慢だ」

「へ、へえ……」

頷いて唇を噛みしめる。ようやく指が一本、抜き差しできるようになったのを感じていると、もう一本強引に足された。

「痛いっ……」

思わず声をあげると、二本とも引き抜かれてしまう。

「あ……、すんまへん、わたい……」

間宮は拒まれていると思ったかもしれない。梓は涙で霞む目で間宮を見上げた。

「先生、すんまへん……。ちゃんと、我慢しますよって、続けとくなはれ……」

馬鹿、とまた叱られた。痛みのせいで閉じかけていた脚を、労《いた》わるように撫でられる。

「君が痛いのに、無理矢理やっても仕方ないだろう。楽になれるものがあればいいんだが」

間宮は体を伸ばし、ベッドの脇に置かれた机の引き出しを開けた。中を探り、小さな瓶《びん》を取り出す。

「ああ、いいものがあった」

「何でっか……？」

「香油《こうゆ》だ。これで少しは楽になるぞ」

間宮の声がひどく優しくて、梓は切なくなった。間宮が愛しくて愛しくて、愛しくてたまらなくて切ない。こくりと素直に頷いて、自らゆっくりと脚を開く。

間宮は驚いたようだったが、すぐに指を入れてきた。香油を纏《まと》っているせいか、あるいは先ほど少しは解されたせいか、随分と滑《なめ》らかに奥まで入ってくる。しかし圧迫される感覚に変わりはなく、んん、と声を漏らしてしまった。

「平気か？」

「へえ……。大事、おまへん……」

切れ切れに応じると、二本目の指が入ってきた。油の効果は抜群で、梓の蕾は間宮の骨太な指を根元まで受け入れる。そのまま二本の指で、内側を拡げるように幾度も抜き差しされた。

「は、あ、先生……、間宮先生……」

息苦しさから逃れるため、敷布を握りしめて愛しい人の名をくり返し呼ぶ。それに応えるように、内側を強く押された。

刹那、強烈な刺激が腰を直撃する。止める間もなく、あぁ！　と高い嬌声があふれ出た。閉じた瞼《まぶた》の裏に火花が散ったような錯覚に陥《おちい》って目を見開く。

刺激は一度では終わらなかった。続けて幾度もその場所を擦られる。陸に上がった魚のように腰が跳ねた。

「あっ、あっ！　あか、せんせ、あきまへん……、や、いや！」

萎《な》えていた性器に、みるみるうちに芯《しん》が通る。痛みにも似た快感から逃《のが》れるためか、あるいはもっと感じるためか、意志とは関係なく、愛撫に合わせて腰が卑猥《ひわい》に揺れ動いた。内部に送り込まれた香油が、ぐちゅぐちゅと淫らな音をたてる。

「も、そこ、触らんといて、触ったらいや……！」

「本当に嫌か？　触っているのは僕だけじゃないぞ。君も擦《こす》りつけている」

「嘘、うそっ……」

「嘘じゃない。ほら、僕がこうして手を止めても、君の腰は動いているだろう」

間宮の言う通り、ぶれる視界は梓が自ら動いていることを証明していた。広いベッドも、きし、きし、と微《かす》かに音をたてている。

「いやや、いやっ……！　せんせの、コンジョワル……！」

はしたないとわかっていても腰を揺らすのを止められなくて、甘えた声で悪態《あくたい》をつく。途端に、更にもう一本指が足された。休まずに感じる場所を愛撫されているせいで、痛みや苦しさよりも快感が遥かに勝《まさ》る。

ゆるりと立ち上がった性器から、とろとろと欲の証《あかし》が滴った。触れられていない乳首も、かゆいような痛いような感覚に侵《おか》される。ひっきりなしに嬌声をあげ続ける唇からは、飲みきれなかった唾液《だえき》があふれた。

「は、あ、ぁん……！　も、堪忍《かんにん》、堪忍して……！」

許《こ》しを請いながらも腰を淫らに振ると、ゆっくりと全ての指が引き抜かれた。ぁあ、と掠れた嬌声を漏らしてしまう。

しかし安堵することはできなかった。散々かき乱された蕾が、既に開花していたからだ。失われた刺激を求め、自《みずか》ら艶めかしく蠢《うごめ》いて収縮する。

「あ、あっ……」

自然と腰が浮き上がった。その動きを利用され、膝の裏を強い力で持ち上げられる。

思わず見上げた先に、激しい情欲と熱に支配された間宮の顔が見えた。じん、と胸が熱くなる。同時に、間宮に開かされた蕾の芯も熱く痺れた。刹那《せつな》、そこにひたと熱いものが押しあてられる。

早《は》よ、早よ、きて。奥まで入れて。

渇望と言ってもいいその欲が声になったかどうか、自分ではよくわからなかった。が、望み通りに一息に貫《つらぬ》かれる。

「あぁ——……！」

痛い、熱い、苦しい。

しかしその何倍も気持ちがよかった。柔らかく綻《ほころ》んだ場所に、間宮の脈打つ熱の塊《かたまり》を受け入れている。その事実だけでひどく感じてしまう。

「あ、先生……、間宮せんせ……」

「……動くぞ」

頷く前に、間宮は動き出した。ゆっくりと抜き差しされ、硬く熱い性器で内壁を擦られる感触に、ぞくぞくと背筋が震える。抜かれるときは熱を引き止めようとしてきつく締まり、貫かれると歓喜に蠢く。宙に浮いた足先が、快感のあまり幾度も跳ね上がった。

「は、あっ……、や、ぁあん！」

もはや痛みや苦しさは意識の外だ。つながった場所が信じられないほど熱くて気持ちがよくて、色を帯《お》びた声が止まらない。

徐々に律動が速く激しくなり、嬌声もより高く掠れた。再び膨らんだ性器からとろとろと滴り落ちた蜜が、己の腹を濡らす。間宮の荒い息遣い、つながった場所から漏れる卑猥な水音、肌と肌がぶつかる乾いた音、そしてぎしぎしと鳴るベッドの音が室内に響く。

「ま、間宮せんせ……、ん、あ、あぁ」

「梓、梓……！」

低く掠れた声で呼ばれると同時に、性器を擦られた。ただでさえ快感に侵されて熱くなっていた体ではとても我慢できず、色めいた嬌声をあげて極まる。

間を置かず、体内で間宮が達した。勢いよく放たれたものが中を満たすのがはっきりとわか

X
MATSUYA HOTEL

る。

「は、はぁ……、あっ、あっ……」

放出しながら内部を潤《うるお》されるという初めての感触に、びく、びく、と腰が淫《みだ》らに揺れる。強烈な快感に侵され、頭の中は真っ白だった。間宮とつながった場所から、全身が蕩けて溶けてしまったかのようだ。

やがて間宮が体を倒してきた。汗で濡れた肌と肌が密着して、ため息のような嬌声が漏れる。愛しい男の重みと熱が心地好い。

凄《すご》い、気持ちええ……。

無意識のうちに広い背中を撫でると、間宮が戦慄《わなな》いた。そして満足げな、深いため息を落とす。

「こんなに気持ちがいいのは、初めてだ……」

「ほんまでっか……？」

「ああ。君を初めて抱くのが僕で、本当によかった……」

間宮の手が脇腹や腿を優しく撫でる。その緩い刺激だけで、甘い吐息が漏れた。つながった場所が密《ひそ》やかに収縮して身じろぎする。

「わたいも……、間宮先生が初めてで、嬉しいです……」

心の内にある熱い想いをそのまま言葉にすると、体内に留まったままだった間宮の欲が、再び力を取り戻すのがわかった。

蕩けた内部を再び拡《ひろ》げられ、あぁ、と嬌声をあげてしまう。

「先生……？」

「すまない。このまま、もう一度させてくれ」

うめくように言った間宮は体を起こした。そしてまたゆっくりと動き出す。中に満ちた間宮の欲が淫らな水音をたてる。

一度目の交わり以上に濃厚な行為になる予感がして、梓は期待に震えた。


「ようやったぞ、扇谷君！　素晴らしい作品や！」

手許《てもと》の原稿を読み終えるなり叫んだ村武《むらたけ》に、へえと微笑んで頷く。村武はもちろん、各々《おのおの》机に向かっている吉見《よしみ》と大住《おおすみ》も笑顔だ。

今日は木曜日。一昨日《おととい》は間宮に抱かれて起き上がれなくなってしまったので、松葉ホテルに泊まった。後で知ったのだが、ホテルの中でも最高級の部屋だったらしい。

翌日になってもろくに動けなかったため、水曜の昨日は会社を休んだ。ホテルから電話を入れると、村武は怒ることなくゆっくりしてこいと言ってくれた。どうやら豊浦から何か聞いていたらしい。

「言うたやろう、間宮先生は君を気に入ってはるて。僕は間宮先生はうちで書いてくれはるて確信してた。まあ、まさか完成原稿をもらえるとは思《おも》てへんかったけどな！　いやほんまおもしろかった！　間宮先生らしい繊細で情感あふれる作品や！　今からやと次号に充分間に合う。これは評判になるぞ！」

村武は興奮してまくしたてる。

間宮はなんと、雑誌に載せる短編を寄稿してくれた。梓を喜ばせようと思って、内緒で執筆していたという。

梓は昨日、松葉ホテルのベッドの中で村武より先に原稿を読んだ。間宮が『滝の尾』に取りに行ってくれたのだ。読了後は村武と同じように興奮してしまった。おもしろかったです、素晴らしいです、ありがとうございます、間宮先生。矢継《やつ》ぎ早《ばや》にそう言うと、間宮は梓の頭を撫でてくれた。

君が僕の情人《じょうじん》だから書いたわけじゃない。君が熱意のある編集者だから書いたんだ。

そう言われて、胸が熱くなった。

ベッドですごす間、間宮はずっと梓に付き添ってくれた。初めてだったのに、随分と激しい情交になってしまったことを気にしたようだ。

確かに、二度つながった後、うつ伏せにされてまた間宮を受け入れたのだから、かなり濃厚な交わりだったと思う。感じすぎて幾度達したかわからない。廓《くるわ》へ行ったときに少しも反応しなかったのが嘘のようだった。

不器用ながらも真剣に世話を焼いてくれる間宮に、胸の内がくすぐったくなった。

先生、そない気ぃ遣わんといとくれやす。わたいはたくさんしてもらえて嬉しかったですよって……。

恥じらいながら言うと、間宮は鬼のような形相になった。

そういうことを、そういう顔で言うな。あれだけしたのに、またしたくなるだろう。

またしてくれはるんやと思うと、嬉しくてたまらなくて微笑んでしまった。

一方の間宮はむっつり黙り込んだ。しかしつないでくれていた手はそのままだったので、梓はまた微笑んだ。やはり間宮は優しい。

ああ、そうや、と村武が思い出したように声をあげる。

「昨日、今村先生から連絡があってな。約束した一年間の仕事は、きっちりやるて言うてもらえた」

「そうでしたか。よかったです」

天麩羅《てんぷら》屋で、今村は豊浦に痛いところを突かれた顔をしていた。少しは考えを改めたのかもしれない。大住が安堵した顔をしているのが何より嬉しい。

「扇谷君、早速《さっそく》やけど、今日会社が終わったら間宮先生のとこへ次回作の打ち合わせに行ってくれるか？」

「へえ、行《い》て参じます」

間宮は近いうちに大阪に家を借りることになった。豊浦が良い物件を探してきたという。どうやら当分の間は大阪に滞在することになりそうだ。

豊浦さんには頭が上がらへんな……。

間宮によると、豊浦は一美《かずみ》から手紙の内容を聞いて、間宮が梓を好きだと気付いたらしい。あいつは昔から何に対しても敏《さと》いんだ。経営者には相応《ふさわ》しいのかもしれないが、気がまわりすぎて鬱陶《うっとう》しい。間宮はしかめっ面でそう言ったものの、気心の知れた間柄だということは充分伝わってきた。

夕刻になって会社を出た梓は、早速『滝の尾』へ向かった。出迎えてくれたのは建治《けんじ》だ。

「ケンさん、ごめんやす」

「中坊《なかぼん》さん、おいでやす」

「あの、間宮先生にお会いしたいんでっけど」

「へえ、伺《うかご》うております。どうぞ」

建治はニッコリ笑って案内してくれる。

まめ千代姐さんは、ケンさんに想いを伝えはったやろか。

建治の広い背中を見つめながらそんなことを考えていると、中坊《なかぼう》さん、と呼ばれた。

「まめ千代の話を聞いてくれはったそうで、おおきにありがとうございました」

「え、あ、うん……。あの……」

まめ千代が梓に相談したと知っているのなら、まめ千代の想いも知っているはずだ。どういう結論を出したのだろう。

「近いうちに、女将《おかみ》と若旦那《だん》さんと若女将、玉井《たまい》の弥生《やよい》さんにもきちんと話をしますよって」

まめ千代を袖《そで》にしたのなら、母と兄夫婦、そして『玉井』の弥生に話をする必要はない。きっと一緒になる決意をしたのだ。

「そうなんや……。よかった。おめでとう、ケンさん」

「まだ気が早いでっせ。中坊《なかぼん》さんこそ、よかったですな」

肩越しに振り返って小さく笑った建治に、梓は赤くなった。咄嗟にうつむく。

「わたいは、別に……」

「間宮先生に、くれぐれもよろしいお頼《たの》申しますて言うときましたさかい」

「え、え？」

「中坊《なかぼん》さんは、わたいにとっても大事なお人ですよって。若旦那《だん》さんも挨拶《あいさつ》に行かはったみたいでっせ」

「そ、そんな……、あの、あの……」

兄にまで知られているとわかって、しかも反対はされていないこともわかって、もごもごと意味のない言葉を口にする。

顔が熱くなっているのを感じていると、間宮が泊まっている部屋に着いた。恐る恐る見上げた梓に、建治は優しく微笑んでくれる。

「間宮先生、失礼いたします。黒羽《くろはね》出版の扇谷さんがおいでになりました」

「ああ、入れ」

間宮の不機嫌な声が聞こえてきて胸が高鳴る。昨日も一日中一緒にいたのに、もう会いたい。

建治に小さく頭を下げてから、梓は襖《ふすま》を開けた。いつも通り着物を身につけた間宮は文机《ふづくえ》に向かっていた。また手紙を書いているようだ。

「間宮先生、失礼いたします」

中へ入って襖を閉め、万年筆を走らせている間宮に近寄る。

「あの、今朝いただいた御作《おさく》を編集長が拝読《はいどく》しました。次の雑誌に掲載さしていただくそうです。素晴らしい原稿をありがとうございましたて、言うてました。先生に、くれぐれもよろしい伝えてくれとのことです」

「そうか。使ってもらえてよかった」

短く応じた間宮は万年筆を走らせる。

「お手紙でっか?」

「うん、一美にな。豊浦があることないこと吹き込む前に、僕からきちんと報告しておいた方がいいと思って便りを書くことにした。後で出しておいてくれるか」

「へえ、承知いたしました」

頷くと、間宮はこちらに向き直った。梓の顔をじっと見つめた後、万年筆を下ろして両腕を大きく広げる。

「なんでっか?」

「君が僕にくっつきたそうな顔をしているからな。くっついてやってもいい」

「えっ、そんな、わたい、そんな……。すんまへん……」

梓はうつむいて謝った。猛烈な羞恥を感じたのは、間宮の言う通りだったからだ。

「すんまへんは禁止だ」

「あ、すんまへん。けど、あの、仕事の話をしませんと……」

「後でもいいだろう」

「けど……」

「少しだけだ。ほら、来い」

少しだけという言葉に負けてそろそろと近寄ると、ぐいと腕をつかまれた。強い力で引っ張られ、あっという間に間宮の腕の中に抱き込まれてしまう。

「あ、先生……、いけまへん」

「少しだけだと言っているだろう」

「へえ、けど、あの」

やはり恥ずかしくてたまらなくて、言い訳のような言葉を並べていると、大きな掌で頬を包まれた。上を向かされ、あ、と小さく声をあげると同時に唇を塞がれる。

「ん……」

忍び入ってきた間宮の舌が優しく口内を探った。情欲を煽るのではなく、ただ甘く蕩けさせる口づけに、たちまち全身の力が抜ける。

そっと唇が離れたときには、間宮にもたれかかっていた。熱い吐息を漏らすと、間宮の掌が愛しげに頬を撫でてくる。

「悪かった」

「え……、何がでっか……？」

「君にこうしたかったのは僕の方だ」

「ほんまでっか……？」

「ああ、本当だ。君と想いが通じて、僕は相当浮かれているな」

正直に答えた間宮への愛しさが湧き上がってきて、梓は広い肩に額《ひたい》を擦りつけた。

「嬉しいです……」

ため息まじりに囁くと、また顎を持ち上げられ、ごく近い距離で目が合った。間宮の二重《ふたえ》の瞳には愛しさがあふれている。じんと胸の奥が熱くなった。

間宮先生はわたいのこと、ほんまに好いてくれてはる。

「仕事の話をする前に、もう一度だけ、いいか？」

へえと頷くと、再びしっとり唇が重なった。

恋の初風
koi no hatsu kaze

青く晴れ上がった夏空の下に新しい瓦屋根《かわら》が見えてきて、扇谷梓《おうぎやあずさ》は足を速めた。照りつける日差しが肌を焼くようだが、少しも気にならない。もうすぐ間宮《まみや》に会えるのだと思うだけで、頬が自然と緩《ゆる》んでくる。五日前に会ったばかりだというのに、もっと長い間会っていない気がするのは、間宮を恋しく思う気持ちが強いせいだろう。

間宮が『滝《たき》の尾《お》』を出て一軒家に引っ越したのは半年ほど前だ。都市部から少し離れた、落ち着いた場所がいいという間宮の要望を聞き、豊浦《とようら》が見つけてきた。古ぼけた平屋の家は、屋根や白壁、板塀《いたべい》や庭木に少しばかり手を入れただけで見違えるように美しくなった。小さいながら庭もあり、柿の木や躑躅《つつじ》が植わっている。そのこぢんまりとした庭に面した縁側《えんがわ》で涼むのが、最近の間宮の——間宮だけではなく、梓のお気に入りだ。

明日はお休みやし、今日はゆっくり先生と夕涼みしよう。

出来上がったばかりの雑誌を届けに来たのだが、会社に戻らなくてもいいと言われている。つまり、今から明日まで間宮と一緒にいられるのだ。

門を抜けて玄関へ向かう頃には、ほとんど駆け足だった。やっとたどり着いた戸の前で、ごめんやす、と声をかける。

へえ、と返事をして奥から出てきたのは、ふっくりとした体を洗いざらしの着物で包んだ中年の女性だった。週に二度、通いで間宮の身の周りの世話をしてくれている細田《ほそだ》くまである。

くまは梓の顔を見ると、ニッコリ笑った。

「ああ、扇谷はん。おいでやす」

「こんにちは。間宮先生はおられまっか？」

「へえ、朝からお待ちかねだっせ。どうぞ上がっとくれやす。ただ、前のお客さんがまだいてはるよって、ちぃと待っていただかんとあかんのだっけど」

「前のお客さん？　どなたでっか？」

カンカン帽を脱いで首を傾《かし》げる。家の中は幾分かひんやりとしていて心地好い。

くまは真面目な顔で答えた。

「編集者の方だす。このところひっきりなしだすな」

間宮が大阪に腰を落ち着けてからというもの、特に大阪の編集者が頻繁《ひんぱん》に間宮の元を訪れるようになった。震災の復興が進むと同時に、大阪へ避難していた作家が東京へ戻り始めている。そんな中、大阪に残った人気作家に仕事の依頼が集中するのは、当然と言えば当然だ。

「大阪の出版社の方でっか？」

「さあ。ただ、本人さんは東京の言葉をしゃべってはりましたさかい、東京の出版社の方かもしれまへんな。あの先生相手に粘《ねば》るて、なかなか根性の据わったお人だす」

感心した物言いに、梓は小さく笑った。くまも最初から無愛想な間宮に少しも臆《おく》することはなかった。口うるさいし声は大きいし遠慮はないし散々だ、と愚痴《ぐち》をこぼす間宮だが、本心ではくまを嫌っていないことが察せられた。

そうして談笑していると、さっさと帰れ！　と怒鳴る間宮の声が聞こえてきた。ばしん！　と襖《ふすま》が開く音が響く。間を置かず、聞き覚えのない男の声がした。

「今日のところは帰りますけど、またお邪魔しますから」

「もう来なくていい！」

「そんなこと言わないでくださいよう。編集長に怒られる私の身にもなってください」

「君の身など、どうなろうと知ったことじゃない。いいから早く帰れ！」

「あ、痛い痛い、帰りますから押さないで」

二つの足音が玄関に向かってくる。

姿を見せたのは着物を纏《まと》った間宮と、間宮よりわずかに背が低い洋装の男だった。目尻の下がった甘い目鼻立ちが印象的だ。初めて見る顔である。年は梓より少し上くらいだろうか。

間宮は不機嫌そのものの表情で男をにらみつけた。

一方の男は、目を丸くしている梓とくまを見てへらりと笑う。

「どうも、お邪魔いたしました。先生、また参ります」

「だから来るなと言っているだろう！」

間宮に怒鳴られた男は、靴を履《は》くのもそこそこに外へ飛び出した。

珍しいお人やな……。

いくら押しが強い編集者と言えど、大抵の者は間宮の無愛想な態度を前にすると萎縮《いしゅく》してしまう。が、男に怖がっている様子はなかった。

苦々しい顔でため息を落とした間宮は、梓に視線を向けた。

「先生、お邪魔しております」

頭を下げると、うんと素《そ》っ気《け》なく頷いてくまに視線を移す。

「くまさん、今日はもう帰っていいから」

「へえ、さいだっか。そしたら、ちぃと早いけどお暇《いとま》さしてもらいまっさ。扇谷はん、どうぞごゆっくり」

ご苦労《くろ》はんでしたと応じると、くまはニッコリ笑って裏口の方へ歩いていく。

くまの姿が見えなくなるのを待っていたかのように、間宮の指が優しく頬を撫でた。見下ろしてくる眼差しは、熱くて甘い。

「顔が赤いな。外はそんなに暑かったか?」

「あ、いえ……」

一刻も早く間宮に会いたくて走ったことを思い出し、梓はますます赤くなった。

「どうした」

「いえ、あの……、間宮先生に、早《は》ようお会いしとうて急ぎましたよって……」

ぽそぽそと答えると、間宮は鬼のような形相《ぎょうそう》になった。かと思うと、梓の腕をつかんで奥へと引っ張る。

「あ、あの、先生?」

「僕もだ」

「え、何がでっか?」

「君に早く会いたくて、朝から落ち着かなかった」

振り返らずに言われて、胸がじんと熱くなった。嬉しさのあまり自然と笑顔になる。

以前に比べると、間宮は己《おのれ》の気持ちを口に出すようになった。どうやら梓を不安にさせないためにはどうすればいいか、間宮なりに考えてくれたらしい。

間宮先生にそないに想《おも》てもらえて、幸せや。

書斎の手前にある座敷に連れ込まれた次の瞬間、きつく抱きしめられた。間宮の熱が触れ合った場所から伝わってきて目眩《めまい》がする。全身が震えると同時に、手に持っていた鞄《かばん》と帽子が畳《たたみ》の上に落ちた。

梓、と低く響く声で呼んだ唇が首筋を這い、背筋にぞくぞくと甘い痺《しび》れが走る。

あ、と漏れそうになった嬌声《きょうせい》を堪《こら》えて、梓は掠《かす》れた声で訴えた。

「先生、わたい、汗かいてますよって……」

「気にするな、僕もかいている」

「けど、あの、雑誌をお持ちして……」

「その話は後で聞く。君を味わうのが先だ」

言うなり、間宮は梓の唇を塞《ふさ》いだ。すかさず濡れた感触が口内に押し入ってくる。

「んっ……、ぅん……」

感じるところを情熱的に愛撫され、梓は喉《のど》の奥から甘えた声を漏らした。

ああ、嬉しい。気持ちええ。

黒羽《くろはね》出版以外の出版社の締め切りが迫《せま》っていたこともあり、十日ほど間宮と体を重ねていない。正直なところ、梓も間宮に飢《う》えている。間宮と情を通じてからというもの、自慰《じい》すらたまにしかしなかったのが嘘のように、体が快楽を求めるようになってしまった。

口腔《こうこう》を激しく貪《むさぼ》られ、歓喜に震えつつ間宮にしがみつく。

すると、口づけを続けながら畳の上に押し倒された。シャツ越しに伝わってきた畳の感触がやけにひんやりとしているのは、全身が情欲に燃えているからだろう。

「ん、んっ……」

シャツの釦《ボタン》を引きちぎるような勢いではずされたかと思うと、間宮の手がすかさず素肌に触れてくる。間を置かず、しっとり汗ばんだ肌を味わうように撫でられた。背筋が快感に震えて、あ、と小さく声をあげる。

間宮は梓の肌を気に入っているらしく、いつも熱心に愛撫する。今日も例外ではなく、骨ばった長い指を備えた大きな掌《てのひら》が、胸や腹を撫でまわした。

「君の肌は本当に、上等な絹のようだな……」

「あ、あ……、先生……」

直接触れられていないのに、性器がみるみるうちに硬くなる。

恥ずかしい。はしたない。

そう思うのに、高ぶるのを止められない。

「先生、間宮先生……」

羞恥《しゅうち》と快楽に震える声で呼ぶと、鎖骨《さこつ》の辺りに口づけられた。唇と歯と舌が、やはり味わうように皮膚の上を這う。

やがて間宮は、既に濃い桃色に染まっていた乳首を口に含んだ。すっかり敏感になったそれをきつく吸われて感じたままの嬌声が漏れ、慌てて唇を嚙みしめる。

この家があるのは閑静《かんせい》な住宅地だ。隣家とはそれなりに距離があるが、窓を開け放っているので声が外に漏れてしまうかもしれない。

しかし間宮は躊躇《ちゅうちょ》する様子もなく、乳首を強く吸う。そうしながら、もう片方の乳首を指先で弄《いじ》る。

ますます性器に熱が溜まってきて、梓は首を横に振った。

「や、いやや、そこばっかり……」

硬く尖《とが》った乳首からわずかに唇を離した間宮が、ふと笑う気配がした。

「他に、触ってほしいところがあるのなら、言えばいい。君が望むだけ、触ってやる」

間宮が言葉を発する度《たび》に熱い吐息が胸をくすぐって、またしても背筋に甘い痺れが走る。あ、と掠れた声をあげた梓は我知らず腰を揺すった。

しかし間宮は乳首から離れようとしない。桃色を通り越して紅《くれない》に染まったそれを甘噛みし、もう片方も指先で熱心に揉《も》む。胸や首筋に玉の汗が浮かび、次々に滴《したた》り落ちた。

「あ、先生……っ」

「言わないのか？」

「う……、コンジョワル、せんといとくれやす……」

涙が滲《にじ》む目で見つめた彫《ほ》りの深い顔立ちには、やはり汗が浮かんでいた。ひどく獰猛《どうもう》な、それでいて恍惚《こうこつ》とした表情に、思わず見惚れる。

瞳の奥に燃えるような情欲を見つけた次の瞬間、噛みつくように口づけられた。

「ん、んう」

押し入ってきた舌に口内を激しく愛撫され、梓はむずかるような声を漏らした。唾液《だえき》が混じり合う濃厚《のうこう》な口づけにたまらなく興奮する。そうして興奮した分、ますます性器に熱が凝《こご》る。

また淫《みだ》らに揺れた腰の中心に、ようやく間宮の手が触れた。ズボン越しだったにもかかわらず、唇から色めいた嬌声が零《こぼ》れ落ちる。それを唇で奪った間宮は、梓の劣情《れつじょう》を強く擦《こす》った。

「ん、んっ……、は、ぁん、そない、したら、いく……！」

わずかに離れた唇の隙間から訴える。

「いっていいぞ」

低く囁いた間宮に舌先を甘噛みされ、梓は堪《こら》える間もなく達した。久しぶりに味わう痺れるような快感に、色めいた嬌声があふれ出る。

会えない間、間宮を思って一人でしてみたけれど、少しも気持ちよくなれなかった。間宮にしてもらっているようにしなくてはと思って、羞恥《しゅうち》に苛《さいな》まれつつも自《みずか》ら菊座《きくざ》を弄《いじ》ってみた。が、やはり快感を得ることはできなかった。

わたいはもう、間宮先生にしてもらわんといけんのや……。

荒い息を吐きながらそんなことをぼんやり思っていると、淫水《いんすい》にまみれた下着ごとズボンを引き抜かれた。たちまち露《あら》わになった性器に、間宮の熱い視線を感じる。

「ああ、まだ勃《た》っているな。相変わらず艶《つや》やかな色だ」

間宮の言う通り、梓の劣情は一度達したにもかかわらずゆるゆると天を向いていた。そこだけが熟した果物のように、濃い色に染まっている。

欲情し続ける体が恥ずかしくて手で隠そうとする前に、尻の谷間を探られた。

間宮の指先が遠慮なく菊座に潜《もぐ》り込んできて、びくん、と腰が浮き上がる。

「あっ……！」

「しばらくしなかったのに、柔らかいな……」

間宮のその言葉で指を入れて自慰をしたことを思い出し、菊座がきゅうと締まる。羞恥のあまり、ただでさえ熱かった頬が更に火照《ほて》った。真っ赤になった顔を見られたくなくて、両手で覆《おお》う。

梓のその仕種《しぐさ》を不思議に思ったらしく、間宮が覗き込んできた。

「どうした」

「す、すんまへん……」

「なぜ謝るんだ」

「わ、わたい……、先生に、していただいたんを、思い出して……。じ、自分で……、したんです……。すんまへん……」

蚊《か》のなくような声で謝ると、中を占拠《せんきょ》していた指が感じる場所を擦った。

堪える間もなく、あぁ、と艶《なま》めいた声が出る。

「僕を想ってしたなら、謝ることはない。むしろ謝るのは僕の方だ。しばらく抱いてやれなくて悪かった」

「そんな、先生が、謝らはることや、あ、あっ、ん、やぁ」

必死で声を抑えようとするが、執拗《しつよう》に敏感な場所を愛撫されてどうしても漏れてしまう。咄《とっ》嗟《さ》に脱がされたシャツを引き寄せて嚙みしめると同時に、指の数が増えた。

「んんっ……」

背筋が反《そ》り返り、顎《あご》が上がる。完全に立ち上がった性器から欲の蜜《みつ》が滴《したた》る。

あかん、凄《すご》い、気持ちええ……。

自分でしたときとは比べものにならない。もう、間宮の長く骨ばった指か、大きく育った欲望で強く擦ってもらわないと感じないのだ。間宮と幾度も情事を重ねて、そういう体になってしまった。

先生は、こないいやらしいわたいのこと、嫌にならはらへんやろか。

ふと湧《わ》いた不安は、中を拡《ひろ》げるように動く間宮の指によって消し去られた。不規則に感じる場所を抉《えぐ》られるのがたまらない。たちまち理性が食い尽くされていく。

「んっ、んふ、ぅん」

腰が卑猥《ひわい》に揺れた。菊座が激しく収縮《しゅうしゅく》する。

内側から大きな快感の波が襲いかかってきて、梓は首を横に振った。

「せんせ、先生……、あか、あきまへん……！」

強烈な快感が性器を直撃して、びく、びく、と腰が淫《みだ》らに跳ねる。

が、なぜか射精はしなかった。性器の先端からあふれ出した欲の蜜が、四方に小さく飛び散っただけだ。腰が蕩《とろ》けて溶けてしまいそうなほど気持ちがいいのに、ひどく苦しい。

今日まで情熱的に抱かれて、様々な快感を教えてもらった。が、こんな風に内に籠《こも》る快感は初めてだ。

自分の体がおかしくなってしまった気がして、梓はすすり泣いた。

「わたい……、なんで、こないなん……、こわ、怖い……」

「大丈夫だ、怖がらなくていい。いつも以上に感じただけだ。気持ちよかっただろう?」

甘く響く声で囁いた唇が、膝の内側に口づけをくれる。

そんな小さな刺激にすら敏感に震えながらも、梓は素直に頷いた。

「へえ……、けど……、あ、あっ」

いつのまにか三本に増えていた指が、ゆっくりと引き抜かれる。

引き止めようとするかのように、内壁《ないへき》がきつく締まった。意志とは関係のないその動きを恥じる間もなく、柔らかく解れたそこは淫らに蠢《うごめ》く。連動するように、またとろとろと性器から蜜があふれ、淡い茂みを濡らした。

「やっ……」

己の淫らな有様《ありさま》が恥ずかしくてたまらず、梓は体を横向きにした。

その動きを利用されてうつ伏せにされ、腰を高く持ち上げられる。必然的に、間宮によって蕩かされた菊座を、その間宮に向かって突き出す格好になった。

腰から尻にかけて大きな掌が這う。二つの丘の谷間を広げられると、最も見られたくなかった場所が奥まで外気にさらされた。淫猥に収縮するそこに強い視線を感じる。

「先生……!」

「いつ見てもきれいな色だ。それに、随分といやらしい……」

熱に浮かされたような声が囁いて、カアッと全身が火照った。

「いやや、見んといて……」

尚も卑猥に収縮する菊座を片手で隠そうとするが、腕に力が入らない。ただ腰をくねらせただけに終わってしまう。

その動きのせいで、反り返った性器の先端から零れたものが糸を引きながら滴り落ちた。

「あ、あかん、あか……」

恥ずかしい。けれど乱れる体を止められない。

間宮がごくりと喉を鳴らす音が聞こえてきた。続けて衣擦《きぬず》れの音がして、熱い手で腰をしっかりとつかまれる。

「入れるぞ、梓」

頷く前に、大きな熱の塊《かたまり》が侵入してきた。一息に奥深くまで貫《つらぬ》かれる。

「あーっ……！」

あまりの快感と衝撃に、既に限界近くまで高ぶっていた劣情が弾《はじ》けた。勢いよく迸《ほとばし》ったものが、ぱたぱたと音をたてて畳に散る。

頭の中は真っ白だった。気持ちがよすぎて苦しくて、獣のように激しく喘《あえ》ぐ。

我知らず締めつけてしまったせいだろう、間宮が低くうめいた。

「梓……！」

掠れた声で呼ばれたかと思うと、中を隙間なく満たしていたものがゆっくり動き出す。

「あ、待って、待っとくれやす……。まだ、いったとこやから、待って……」

必死で制止したのは、これ以上感じたらどうなってしまうかわからなかったからだ。が、間宮の動きは止まらなかった。ひどく敏感になっている内壁を容赦《ようしゃ》なく擦り、深いところをくり返し突いてくる。

「あぁ、や、あ、あん！　ん、んん」

感じたままの声の大きさに気付いて、梓は必死でシャツを口許《くちもと》にあてた。それでも激しく揺さぶられる度、くぐもった嬌声が漏れてしまう。

間宮の荒い息遣いと、間宮が動く度にあふれる淫靡《いんび》な水音、そして肌と肌がぶつかる音が混じり合い、室内に満ちた。

思う様蹂躙《じゅうりん》されている菊座が喜んでいるのがはっきりとわかる。その証拠に、先ほど達したばかりの劣情に再び芯《しん》が通る。

そして気が付いたときには、いとも簡単に三度目の——否、四度目か——絶頂を迎えていた。

内部を貫かれながら吐き出した蜜は、最初に出したそれよりも薄くなっているはずだ。が、梓には濃度も密度も増しているように感じられた。

こないに気持ちよかったら、おかしいなる。

「梓、梓っ……」

抑《おさ》え切れない愛欲を滲ませた低い声で呼ばれた次の瞬間、間宮が中で達した。勢いよく迸ったものが内部を潤《うるお》す。

「んっ、ぅん、んん……！」

間宮の熱と己の熱が混ざり合ってひとつになった錯覚を覚えた梓は、至上の快楽に身悶《みもだ》えた。先生の全部、わたいにくれはった。嬉しい……。

間宮の欲を全て受け止めたせいか、体のどこにも力が入らなくなって畳に頽《くずお》れる。その拍子に、ずるりと間宮の熱が抜けてしまった。

「あっ……」

間宮に注がれたものが零れ落ちないよう、梓は懸命にそこを閉じようとした。が、物欲しげに開いたままの口は思い通りにならない。卑猥な収縮をくり返す内壁に押し出され、とぷりと外へあふれる。

「や、あかん、せんせの、全部……、わたいのやのに……」

これ以上は零すまいと懸命に力を入れる。しかし努力も虚《むな》しく、菊座からとろとろと間宮が残したものが腿《もも》に滴り落ちた。あ、あ、と泣き声に近い嬌声が漏れ、我知らず腰が淫らに揺れ動く。

次の瞬間、強く肩をつかまれて仰向《あおむ》けにされた。突然の体勢の変化に、悲鳴のような声を漏らしてしまう。

険《けわ》しい表情を浮かべた間宮が視界に入ると同時に、再び奥深くまで勢いよく貫かれた。ぐちゅ、と中を満たしていたものが淫靡な音をたてる。

掠れた声をあげてのけ反ると、またしても激しい律動が始まった。

「梓……、梓……！」

狂おしいほどの恋情《れんじょう》と獣じみた激しい情欲の両方を滲ませた声が呼ぶ。

もはや何も考えられず、梓は間宮にしがみついた。


蟬《せみ》の鳴く声が耳に大きく響いてくる。どうやら近くにいるらしい。

心地好い風が吹いてきて、梓はそっと瞼《まぶた》を押し上げた。

青々とした木々が植わった中庭が見える。そのうちの一本に蟬がとまっているようだ。既に日は西に傾いており、夕暮れの気配が漂っていた。

「目が覚めたか」

ぶっきらぼうな口調が聞こえてきた方を見遣る。

胡坐《あぐら》をかいた間宮が、団扇《うちわ》でこちらをあおいでいた。先ほどから吹いている柔らかな風は、間宮があおいでくれていたおかげらしい。

「あ、すんまへん、わたい……」

「いいから寝ていろ。今日はかなり無理をさせてしまったからな」

慌てて起き上がろうとするのを止めた間宮は、梓の頬を撫でた。

その手も見下ろしてくる眼差《まなざ》しも、素っ気ない口調とは反対に優しい。

「気分はどうだ。痛いところはないか?」

「へえ、大事おまへん」

間宮を受け入れていた場所は熱をもっているが、痛くはない。

頷いてみせた梓は、濡れ尽くしていた体がさっぱりと乾いていることに気付いた。間宮が事後の処理をしてくれたようだ。着ている浴衣《ゆかた》は大きめで、すぐに間宮のものだとわかった。

それに、ここは体を重ねた座敷ではない。大工に作らせた壁際の棚には、びっしりと本が並んでいる。そこに入りきらずにあふれた本に囲まれているのは、まだ新しい文机《ふづくえ》だ。書斎で横になっているということは、間宮が座敷を掃除するために運んでくれたのだろう。

ほんまはわたいがせんとあかんことやのに……。

「お世話かけてすんまへんでした。わたい、いつのまにか寝てしもて……」

「謝るな。悪いのは僕だ。久しぶりに触れる君が、いつになく淫らで愛らしくて抑えがきかなかった」

どこか陶然《とうぜん》とした口調に、梓は濃密な情事を思い出して赤面した。確かに今日の交わりは、今までになく感じてしまった。間宮に幾度も抱かれたせいで体が淫らに変化したことは事実だが、さすがにもうこれ以上敏感にはならないだろうと思っていた。それなのに、また新しい快感を知った気がする。気絶同然で眠ってしまったのは初めてだった。

「あの、先生……」

「なんだ」

「わたい、今日、おかしかったでっしゃろ？」

恐る恐る問うと、間宮は二重《ふたえ》のくっきりとした目を丸くした。が、すぐに小さく笑う。

「少しもおかしいことなどなかったぞ。可愛らしかったと言っただろう」

「けど……」

彫りの深い端整な面立《おもだ》ちに浮かんだ笑みに見惚れながらも、梓は口ごもった。

間宮はやはり優しく髪を梳《す》いてくれる。

「僕はむしろ、君がいつも以上に乱れてくれて嬉しかったがな」

「っ、す、すんまへん……」

「こら、すんまへんは禁止だ。それより喉が渇《かわ》いただろう。水を持ってくるからな」

立ち上がった間宮は、部屋の片隅にある電気団扇のスイッチを入れた。その拍子に、傍《そば》にあった書類の山に足が当たる。たちまち封筒や雑誌が音をたてて崩れ落ちた。

「ああ、しまった。後で片付けるから、君は休んでいなさい」

書斎を出る間宮にそう言われたものの、梓はゆっくり起き上がった。間宮にばかり世話をかけるわけにはいかない。せめてできることをしようと散らばった雑誌をまとめる。そのうちの一冊に目がとまった。番条社《ばんじょうしゃ》という東京の大きな出版社から出ている文藝《ぶんげい》雑誌だ。確か今日発売だった。

あ、今村《いまむら》先生の最新作が載ってる。

今村毅《たけし》は先月、東京へ帰って行った。去り際《ぎわ》まで高慢な態度は変わらなかったが、黒羽出版の仕事はきちんとやってくれた。売り上げはさほど伸びなかったものの、今村の小説を載せたということで、他の出版社から一目《いちもく》置かれるようになったのは間違いない。

間宮は番条社の雑誌には書いたことがなかったはずだ。一度でも載っていれば、熱心な読者である梓が見逃すはずがない。

自分で買ったのだろうか。しかし今日は外出していないようだった。

「そのままにしておいてよかったのに。起き上がって大丈夫か？」

盆を手に戻ってきた間宮は、梓のすぐ傍に腰を下ろした。慌てたような仕種と心配そうな眼差しが嬉しい。

「大事おまへん」

「無理するなよ」

へえと応じると、間宮は透明な水が入ったグラスを差し出してきた。おおきにいただきますと礼を言って受け取り、早速《さっそく》水を口に含む。冷たい水が体に染《し》みわたるのがわかって、ほう、と思わずため息が漏れた。

満足げに頷いた間宮は、梓が脇に置いた雑誌に目をとめる。

「それ、君が来る前に来ていた男が置いていったんだ」

ああ、と梓は小さく頷いた。東京の言葉を話していた男の顔が脳裏《のうり》に浮かぶ。

「あの方、やっぱり東京の方やったんですね」

「大阪や京都に残った作家が、僕以外にも何人かいるだろう。あの男も震災で大阪へ避難してきたらしいんだが、京阪《けいはん》在住の作家とやりとりするために、そのまま大阪に残れと言われたそうだ。僕にもその雑誌に書いてほしいと言ってきた」

「先生、文学作品を書かれるんでっか?」

「いや、今のところは考えていない。そもそも僕はああいう軽薄《けいはく》な男は嫌いだ」

間宮は黒羽出版以外は、古くから付き合いのある東京の出版社でしか仕事をしていない。梓も最初断られたように、新しい依頼は大抵断っている。そんな中でも、番条社の男は特に気に入らなかったらしい。

間宮に邪険《じゃけん》にされても、少しも堪《こた》えていなさそうだったのは天晴《あっぱれ》だった。が、番条社は人選を誤《あやま》ったようだ。

けど、間宮先生に文学作品を書いてもらおうて考えはったんは、さすが大手の出版社や。

「番条社は関係なしに、わたいは先生が書かれた文学作品も読んでみたいです」

まっすぐに見つめて言うと、間宮は首を傾げた。

「うん？　そうか？」

「へえ。先生の通俗小説は、もちろんおもしろいです。これからも広く大勢の人に楽しんでもらえる通俗小説をたくさん書いていただきたい。けど、他にもいろんな作品を読ませていただきたいとも思います。文学もそうですけど、探偵小説も先生が書かれたらおもしろうなると思うんです。実際、獅子《しし》の虫と白皙《はくせき》は、探偵小説好きの人にも好評やったて聞きますし、私も探偵小説として読んでも充分おもしろいと感じました。もし先生が書いてくださるんやったら、探偵小説の雑誌を増刊号として出してみまへんかて編集長に提案してみますよって」

いつのまにか熱心な口調になってしまったことに気付いて、ハッと口を噤《つぐ》む。

間宮はあきれたような、それでいて愛《いと》しげな表情を浮かべていた。

「あ、すんまへん、余計なこと言うてしもて……」

「いや、余計なことじゃないぞ。しかし君は本当に僕が書くものが好きなんだな」

少し意地悪な物言いに、梓は赤面した。うつむいて、すんまへんと小さく謝る。間宮の小説が好きなのは本当だから返す言葉もない。

すると間宮にぎゅっと肩を抱き寄せられた。

「謝ることはない。君は僕の情人《じょうじん》だが、担当編集者でもあるからな。意見してくれてかまわない」

探偵小説か、と間宮が存外真面目につぶやく声が、密着した体を通して伝わってくる。

梓は我知らず頬を緩めた。

間宮照市《てるいち》の情人かつ担当編集者。なんと幸せで贅沢《ぜいたく》な関係だろう。


「探偵小説か。おもしろそうやな！」

黒羽出版の社長にして編集長でもある村武《むらたけ》は目を輝かせた。

「文藝雑誌は東京の出版社が仰山《ぎょうさん》出してますよって、違う分野の方がおもしろい思いまして」

梓の言葉に、せやな、と頷いたのは大住《おおすみ》だ。

「それに大阪では、文藝雑誌より探偵小説の雑誌の方が売れる思いますわ」

間宮と二人きりの時間を満喫《まんきつ》した日曜の翌日。大通りに面したビルヂングの一室で行われているのは、黒羽出版の打ち合わせである。この先の予定や進行状況を確認した後、何か意見はないかと問われ、梓は早速、探偵小説の雑誌を刊行してはどうかと提案してみた。間宮が乗り気になってくれたことが背中を押してくれた。

「あの、間宮先生もおもしろそうやて言うてくれはりました」

お、そうか！　と大住が嬉しそうな声をあげる。

「間宮先生に執筆をお願いできるんやったら話題性は充分確保できるな。ねえ、社長」

「せやな。他にどの先生が執筆してくれはるかによるけど、検討してみる価値はありそうや。ええ考えや、扇谷君」

梓、大住、村武の三人のやりとりを、吉見《よしみ》は笑顔で聞いている。間宮が連載小説を書いてくれているおかげで、黒羽出版の雑誌の部数は飛躍的に伸びた。営業の面から見ても、新たに間宮が作品を書いてくれるのは悪い話ではないのだ。

「そしたらとりあえず、各々《おのおの》が担当してる先生方に尋ねてみることにしよか。挿画家《そうがか》の先生にも忘れんと声かけてくれよ」

はい、と大住と共に返事をする。それで会議はお開きになった。探偵小説特集は思ったよりも早く実現しそうだ。

間宮先生に、早《は》ようお知らせせせんと。

午後一番で会議を終えた後は、挿画家の元へ原画を取りに行き、打ち合わせをすることになっている。もう一度会社に戻って別の作家の原稿を読めば、今日の仕事はおしまいだ。それほど遅い時間でなければ、間宮を訪ねてもいいかもしれない。

どっちゃみち、明日はお邪魔するんやけど。

間宮が好きな水羊羹《みずようかん》を買っていこうと決めて軽い足取りで会社を出た梓は、夏の強い日差しに目を細めた。今日も朝からよく晴れていて暑い。

足早に歩き出すと、ちょっと君、と脇から声がかかった。反射的に振り返る。

黒羽出版が入っているビルヂングの壁にもたれていたのは、目尻の垂《た》れた男だった。

間宮先生のとこへ来てはった番条社の人や。

ニッコリ笑った男は、こんにちは、とカンカン帽を軽く掲《かか》げてみせた。とりあえず会釈《えしゃく》を返した梓に、躊躇することなく歩み寄ってくる。

「先日、間宮先生のお宅でお会いしたのですが、私のこと覚えておられますか？」

「はあ……。番条社の方ですよね」

警戒しつつ応じると、男は嬉しげに顔を輝かせた。

「覚えていてくださったとは光栄だ。これからお仕事ですか？」

「ええ、そうですけど……」

「じゃあ途中までご一緒しましょう。いやあ、今日も暑いですね。大阪は東京より暑い気がするなあ」

一方的に話す男に、はあ、と曖昧《あいまい》に返事をする。

男の口調は軽快だ。笑顔も爽《さわ》やかである。それなのに押しが強くて迫力がある。

——何が目的かわからん以上、油断したらあかん。

そもそも、梓が黒羽出版の社員だとどうやって知ったのだろう。外見の特徴を手がかりにして誰かに聞いたのだろうか。

　無遠慮な視線を感じて戸惑っていると、男はふいにポンと手を打った。

「ああ、まだ名乗っていませんでしたね。申し遅れました、私、番条社大阪支部の暮林《くればやし》仁三《にさぶ》郎《ろう》です。震災で大阪に避難してきたんですが、どういうわけか生まれ故郷の東京よりこちらの水の方が合いましてね。京阪に残られた先生方のために大阪に支部を置くというので、そのまま私も残ることにしたんですよ」

　まさに立て板に水を流すような物言いに、さいでっか、と当たり障りのない相づちを打つ。

　男――暮林は、改まったように口を開いた。

「黒羽出版の、間宮先生の担当編集者の扇谷梓さん、ですよね」

　きちんと名前を呼ばれ、驚いて暮林を見遣る。

　梓の方が背が低いせいだろう、帽子の陰になっていても暮林の目ははっきりと見えた。眦《まなじり》の下がったそれは、不思議な熱で輝いている。

「道の真ん中に突っ立っていても暑いだけですし、歩きましょう。こちらの方角で大丈夫ですか？」

「へえ、青バスに乗りますよって……」

　青バスとは、先月のはじめに営業が開始された路線バスだ。市内の移動には便利な乗り物である。

「そうですか。私は路面電車に乗りますから方角は同じですね。よかった」

はあと頷いた梓は、行きがかり上仕方なく暮林と並んで歩き出した。とはいっても警戒が解けたわけではないので、少し距離を置く。

梓の態度をどう思ったのか、暮林は再び口を開いた。

「扇谷さんが担当になってから、間宮先生は黒羽出版を中心に執筆されていますよね。そして間宮先生が執筆された黒羽出版の雑誌は、着実に部数を伸ばしている。東京の編集者たちは皆、以前ほど間宮先生に仕事を受けてもらえなくなったと嘆《なげ》いていますよ」

——厭味《いやみ》やろか。

そっと見遣った先にあったのは、なぜか満面の笑みだった。どうやら厭味を言ったわけではないらしい。

この人、何が言いたいんやろ。

「あの、間宮先生は、もともと番条社さんでは執筆されていませんよね？」

だから貴方《あなた》の邪魔はしていないはずだ、と言外《げんがい》に匂わせて問うと、暮林は頷いた。

「ええ、弊社《へいしゃ》は通俗小説は扱っていませんから。ただ、読者に絶大な人気を誇《ほこ》る間宮先生には注目していました。特に今年のはじめに発売された黒羽出版さんの雑誌に載った短編は素晴らしかった。それで編集長ともよく相談して、間宮先生に声をおかけしたんです。もっとも、けんもほろろに断られましたが」

ハハハ、と暮林は明るく笑った。間宮に邪険に追い払われたにもかかわらず、少しもめげていないようだ。しかも、老舗《しにせ》の大手出版社の人間だというのに、通俗小説や大阪の出版社を馬鹿にする様子もない。東京に戻らず自《みずか》らの意思で大阪に残ったのだから、本心から大阪のことを好いているのだろう。

「間宮先生が大阪に残られたのは、扇谷さんの存在が大きいという噂を聞きました。できれば私にも、間宮先生の信頼を勝ち取る術《すべ》を伝授していただきたいのですが、どうでしょう」

悪びれる風もなくあっけらかんと言われて、梓は呆れた。

通俗小説と文学という分野の違いがあるとはいえ、競合する会社に助言を求めるなんておかしな男だ。それだけ間宮の原稿がほしいのだろう。

あまりに率直で、なんだか憎めない。

梓は苦笑しながら口を開いた。

「真面目に一所懸命やってるだけで、たいしたことは何もしてまへん。ただ、私は編集者になる前から間宮先生の小説が好きで、御作は全部読んでましたよって、もしかしたらそれで信頼していただけたんかもしれまへん」

「なるほど。しかし、それだけが理由ではない気がしますね。間宮先生の作品が好きな編集者はたくさんいますが、扇谷さんのようには信頼されていませんから。きっと扇谷さんのお人柄なんでしょうね」

間宮が梓を殊更《ことさら》特別扱いするのは、梓が情人だからだ。

しかし、二人の関係は口が裂けても言えない。大正の世にあっても、古くからある念友《ねんゆう》の関係はなくなってはいない。が、昔とは違って口に出すのは憚《はばか》られる禁忌《きんき》となってしまった。公《おおやけ》になれば、きっと間宮に迷惑がかかる。

黙って歩いていると、そうだ、と暮林はまたポンと手を打った。

「扇谷さん、私と友人になりませんか」

思いがけない提案に、梓は瞬《まばた》きをした。

暮林はニッコリと笑う。

「私、扇谷さんのことをもっと知りたいんです。間宮先生に信頼していただくための秘訣を教わりたいのはもちろんですが、扇谷さん自身にも興味が湧《わ》いてきました」

「や、あの、けど、私、ごく平凡な人間ですよって、興味を持ってもらうような対象やおまへん。編集者としても、まだ新米《しんまい》ですし……」

「平凡かどうかは、私なりに判断しますのでご心配なく。早速ですけど、今日の夜は空いていますか？　一緒に飲みに行きましょう」

「いえ、今日は……」

「じゃあ、明日はどうです？」

「明日もちょっと……」

「じゃあ、明後日《あさって》ならいいですか?」

暮林は間髪《かんはつ》を容《い》れずに尋ねてくる。あきらめるという選択肢《せんたくし》はないらしい。

そんで、わたいが嫌がってる、とも考えてはらへんのやな。

否《いな》、たとえ嫌がっていても意に介さない、ということか。

天下の番条社では、これくらいの押しの強さがないと編集者として採用されないのだろう。

そしてもちろん、優秀でないと入社できない。

わたいも、この人から学べることがあるかもしらん。

梓が編集者としての経験が足りず、未熟であることは本当だ。間宮のためはもちろん、他の作家のためにも、もっといろいろと勉強した方がいいのは間違いない。

「明後日やったら、空いてます」

苦笑まじりに応じると、暮林は嬉しそうに顔を輝かせた。

「じゃあ明後日、飲みに行きましょう!　午後七時にここで待ち合わせでいいですか?」

いつのまにか、路面電車の駅の前にいた。電車を待つ人たちの列ができている。

「へえ。そしたら明後日の午後七時に、この駅で」

頷いてみせると、暮林は唐突に梓の手をとった。驚く梓にかまわず、欧米人のようにしっかりと握って上下に振る。

「楽しみにしています。では私、この電車に乗りますので、ここでお別れします」

「さいでっか。お気を付けて」

「扇谷さんも気を付けて。さようなら」

梓の手を離した暮林は、軽く会釈をして列に並んだ。そこへちょうど電車がやってくる。暮林は電車に乗り込む前に、こちらに向かってカンカン帽を掲げてみせた。梓も同じようにして応じる。暮林が嬉しげに笑ったのが見てとれた。

走り去っていく電車を見送り、小さく息を吐く。

変な人やけど、悪い人ではなさそうや。


「番条社《ばんじょうしゃ》の男と会うのか」

膝の上に頭を載せた間宮《まみや》にぶっきらぼうに問われ、へえ、と梓《あずさ》は頷いた。間宮を団扇《うちわ》であおぐ手を止めずに答える。

「東京の大きい出版社の編集者さんの話を聞くんは、勉強になるかと思いまして」

頭上につってある風鈴《ふうりん》が、りん、と微《かす》かに音をたてた。りー、りー、という透明な虫の声と重なり、なんとも耳に心地好い。

中庭に面した縁側は板塀《いたべい》に囲まれているにもかかわらず、どういうわけか風がよく通る。西の空はまだ明るいものの、日が暮れたせいもあるだろう、団扇があれば充分涼しい。

昨日は結局、仕事を終えたのが遅く、間宮を訪ねることができなかった。火曜の今日はもともと午後から間宮と打ち合わせをする予定だったため昼すぎに訪ねた。くまがいたので情人《じょうじん》の時間は後回しにして、土産《みやげ》に持参した水羊羹《みずようかん》をつまみながら仕事の話をした。

探偵小説特集が実現するかもしれないこと、今雑誌に連載されている間宮の小説の、これからの展開、読者の反響、連載が完結したら活動写真にしたいという話がきていること、次作の構想等について話していると、あっという間に時間が経《た》ってしまった。

くまが作ってくれた夕餉《ゆうげ》を間宮と一緒に食べ、風呂に入り、ようやく縁側に落ち着いたというわけだ。ちなみにくまは、梓がくまのために買ってきた水羊羹を手土産に、息子夫婦と孫が待つ家へと帰っていった。

「あれから、暮林《くればやし》さんはお見えになりましたか？」

「昨日の夕方に来た。居留守を使って会わなかったがな」

素っ気《そっけ》ない物言いに、梓は小さく笑った。やはり間宮は暮林が気に食わないらしい。

間宮に暮林と会うことを話したのは、この家で顔を合わせたのがきっかけだったからだ。ある意味、間宮が引き合わせてくれた縁なので伝えておこうと思った。

「あの男、君と親しくなって、君に番条社の依頼を受けてくれるように頼んでもらおうという魂胆《こんたん》じゃないだろうな」

「先生の信頼を得るにはどないしたらええかとは聞かれましたけど、そういうことは言うてはりまへんでした。たとえ暮林さんと親しいなって頼まれたとしても、先生に番条社の仕事を引き受けてくれはるようにお願いしたりはしまへんよって」

「番条社の仕事を入れた分、黒羽《くろはね》出版の仕事ができなくなってしまうからか？」

少し意地悪な問いかけに、いえ、と梓は首を横に振った。

「わたいも編集者の端くれです。そういう思惑もないとは言えまへんけど、先生にはご自分が書きたいと思わはる小説を、存分に書いていただきたいんです。わたいは、先生が書きとうて書かれた作品を読みたい思《おも》てます。せやから、もし先生が番条社で文学を書きたい思わはるんやったら、賛成します。番条社で書かはる作品も読んでみたいですよって」

そうか、と満足げに相づちを打った間宮は、横に向けていた体を仰向《あおむ》けにした。梓の膝に後頭部を預け、こちらを見上げてくる。彫りの深い端整な面立ちに映っている表情も、向けられる眼差しも温かく柔らかい。

慈《いつく》しまれているのがわかって、じんと胸の奥が熱くなる。

我知らず微笑むと、長い指で顎《あご》を撫でられた。

「飲みに行くのはいいが、酒をすごさないようにしないといけないぞ。君、そう強くはないんだからな」

「肝《きも》に銘《めい》じます」

「無理難題を押し付けられそうになったら、きっぱり断れ。聞いてやることはない」

「へえ、ちゃんと断りますよって」

うんと頷いた間宮の手が伸びてきて、梓の頬を包み込んだ。大きな掌《てのひら》でくり返し撫でられるのが、たまらなく心地好い。

「それから、君が……」

言いかけて途中で口を噤《つぐ》んでしまった間宮に、首を傾《かし》げる。

するとと間宮はなぜかきつく眉を寄せた。

「いや、まあいい」

ぶっきらぼうに言って、梓の頬から首筋へと手を移動させる。

その手に促《うなが》され、梓はゆっくり屈《かが》んだ。そうして間宮の唇に己の唇を重ねる。

何を言おうとしはったんやろ。

心にひっかかった疑問は、間宮の唇に優しく愛撫されて淡雪のように消えた。

ああ、嬉しい。幸せや……。

こうして間宮と二人きりですごす静かな時間は、とても贅沢《ぜいたく》に感じられる。他社の編集者はもちろん、他の誰も間宮をこんな風に独占することはできない。

今は、わたいだけの先生や。

間宮を独り占めできる喜びと、間宮への愛《いと》しさが胸に渦巻《うずま》いているのを感じつつ、梓はそっと唇を離した。

くっきりとした二重《ふたえ》の双眸《そうぼう》が、ごく近い距離で見上げてくる。

ドキ、と心臓が跳ねた。まっすぐ見つめてくる眼差しに、今し方まではなかった情欲の炎が映っている。

「君は明日、早いのか？」

「あ、へえ、いつもの通りで……」

「そうか。じゃあ仕方がない。一度だけにしよう。いいか？」

低く甘い声で問われ、梓は震えた。耳に入り込んできたその声だけで、官能の種が萌芽《ほうが》する。いとも簡単に高ぶってしまう己が恥ずかしくて、うつむき加減で応じた。

「あの、けど、もう、お風呂いただきましたよって……」

「また入ればいいだろう。嫌か？」

「いいえ、いいえ。嫌やおまへん。あの、どうぞ、しとくれやす……」

結局、欲望に逆らえず小さな声で応じる。

すると間宮は待ちかねたように、梓の背中に腕をまわした。浴衣《ゆかた》の帯を解かれ、たちまち前の合わせ目が緩《ゆる》む。隙間から覗いた桃色の乳首に、間宮の指が纏《まと》わりついた。

びく、と肩が跳ねたものの、梓は抗《あらが》わずにじっとしていた。

明日は間宮に会いに来られない。触れてもらえない。

せやから、もっと触ってほしい。

一昨日《おととい》と一昨昨日《さきおととい》にたっぷりかわいがってもらったというのに、もう足りなくなっている己の浅ましさに、思わずきつく目を閉じる。しかし間宮を欲する欲は止まらない。

体を起こした間宮にゆっくり押し倒され、浴衣の裾《すそ》が割れた。忍び込んできた熱い掌に、敏感な内腿《うちもも》を撫でまわされる。

「あ、先生……」

呼んだ声は、早くも熱を帯《お》びていた。


翌日の午後七時。梓が待ち合わせの時刻の十分前に路面電車の駅に着いたときには、既に暮林はそこにいた。本当に来てくれましたね、と言われて、きっと来ないだろうと思われていたことを知った。

「私が強引に誘ったのだし、扇谷《おうぎや》さんは私を間宮先生に近付けたくないだろうと思いまして」

正面に座った暮林の言葉に、梓は首を傾げた。

「ほんまに嫌やったらお断りします。それに、黒羽出版は間宮先生と専属契約を結んでるわけやおまへんさかい、どなたが依頼しはったとしても、私に止める権利はござりまへん」

本当のことを言っただけだったが、暮林はなぜか笑い出した。

おかしいことを言うた覚えはないんやけど……。

暮林にお勧《すす》めの店を聞かれて梓が選んだのは、繁華街の路地を一本入ったところにある老舗《しにせ》の寿司屋だった。黒羽出版はもちろん、他のいくつかの出版社も接待に利用している店である。大会社の社長である村武《むらたけ》の弟も贔屓《ひいき》にしているだけあって、仕事抜きで間宮と共に訪れる店より価格帯が上だ。机が置いてある座敷は広く、ゆったりしている。

この店には間宮とも何度か来たことがある。が、君がよく行く寿司屋の方がいいと言われた。そちらは震災以降に増えてきた、床に直接卓子《たくし》と椅子を置いた庶民的《しょみんてき》な店だ。どうやら間宮はただ食事を楽しむだけでなく、周囲の客たちの様子を見るのが好きらしい。それも、娑婆《しゃば》に暮らすごく普通の人々の様子が見たいようだった。

通俗小説を主に読むのは知識人ではない。庶民だ。だから庶民が何を考え、何に喜び、何に苦しんで生きているのかを知っておきたいのだろう。

そういう考えを持ってはる先生やからこそ、あないに心に響く話を書かはるんや。

真摯《しんし》で真面目で、優しい人だと思う。

それに比べてわたいは……。

昨夜《ゆうべ》の情事はやはり濃厚だった。たっぷり時間をかけて隅々まで愛撫され、揺さぶられ、息も絶え絶えになった。にもかかわらず一度きりでは足りなくて、もっとしてほしいとねだってしまった。だめだ、明日も仕事だろう。優しく叱って劣情《れつじょう》を引き抜こうとする間宮に、梓はしがみついた。いやや、抜いたらいやや。抜かんといとくれやす。一度交わって箍《たが》が外れたせいだろう、淫《みだ》らに腰をくねらせて懇願《こんがん》した。

なんちゅうはしたない真似をしてしもたんや……。

思い出しただけで顔から火が出そうになる。

間宮はといえば、梓の唇に幾度も口づけてくれた。

だめだ、梓。聞き分けるんだ、今度ゆっくり、何度でもしてやるから。

優しく甘く宥《なだ》められ、結局一度の交わりで終わった。今朝、間宮は何も言わなかったけれど、きっと心の内では呆れていたはずだ。

「扇谷さんは、今時珍しいまっすぐな方ですね。それに公平な人だ」

知らないうちに昨夜の情事について考えを巡らせていた梓は、え、と声をあげた。

おもしろそうにこちらを見つめる暮林の視線に気付いて慌てる。

いつから見てはったんやろ。恥ずかしい。

「いえ、そんな、私は生来不器用で、要領も悪いですよって……。それを補《おぎな》うために、一所懸命やってるだけです」

わずかに赤面しつつ言うと、暮林は外国映画に出てくる欧米人のように肩をすくめた。

「ただ一所懸命なだけの人に、気難しいので有名な間宮先生が信頼を置くわけがないと思いますよ。とはいっても、人柄が大事なのは間違いないでしょうけれど。どんなに優秀でも、嫌な人間とはできるだけ関わりたくないですからね。私も見習わないといけないな」

暮林がニッコリ笑ったそのとき、地味な着物に身を包んだ女性の店員が歩み寄ってきた。お待ち遠さんでござりました、という言葉と共に、色鮮やかな四角い寿司——箱寿司が並んだ皿が机に置かれる。

大阪で寿司といえば握りではなく、この箱寿司だ。木枠《きわく》の中に酢飯《すめし》を入れ、丁寧に仕込みをした椎茸《しいたけ》や、鳥貝《とりがい》、海老《えび》、穴子《あなご》、厚切り卵等を載せた後、蓋《ふた》をして押したものである。甘めの味付けが特徴だ。

「やあ、旨《うま》そうだ！　私は東京の握りより、大阪の箱寿司の方が好きなんですよ。見た目も色鮮《あざ》やかで美しいですしね」

暮林の褒《ほ》め言葉に、女性は嬉しそうに笑う。

「そないな風に言うてくれはると嬉しおます。これからも、どうぞご贔屓に」

丁寧に頭を下げた店員は、弾《はず》むような足取りで厨房《ちゅうぼう》へ戻っていった。

暮林は早速いただきますと合掌《がっしょう》し、寿司を食べ始める。

「ああ、これは旨いな。上品な味付けですね。それに、ちょうどいい甘さだ」

「さいでっか。気に入っていただけてよかったです」

梓も手を合わせてから寿司に箸《はし》を伸ばした。ひとつつまんで口に入れる。酢飯と具が見事に調和していて、確かに旨い。

けど、間宮先生と一緒にいただく、もうちぃと酢がきいたいつものお寿司の方が好きや。

もっとも、間宮と食べるのなら、どんな物でも常より美味《おい》しく感じられるのだが。

「間宮先生も、ここにはよく来られるんですか？」

「いいえ、ほとんど来られまへん」

「え、なぜですか。こんなに美味しいのに」

「ここのお寿司がお嫌いなわけやあれへんのです。気軽に寄るには改まりすぎて苦手やて言うてはりました。せやから、別のお店へお連れしてます」

「その店は黒羽出版さんが使っておられる店ではなくて、扇谷さんご自身の行きつけの店ということですか？」

ええ、まあ、と曖昧に頷く。やけに詳しく聞いてくる暮林に、少し警戒心が湧《わ》いた。

あの寿司屋の名前は、聞かれても言わんとこう。

二人だけで気兼ねなく行ける場所に、暮林が現れては困る。なにしろその寿司屋では作家と編集者としてではなく、情人としてすごしているのだから。

そうなんだ、とつぶやいた暮林は、しかし寿司屋の名を問うことはなく梓に視線を移した。

「扇谷さんは大阪の生まれですよね。東京に出られたことは？」

「いえ、おまへん。ずっと大阪です」

「そうなんですか。あ、そういえば年を聞いていなかった。おいくつですか?」

「二十三になりました」

「私より三つ年下か。扇谷君と呼んでもいいですか?」

「へえ、かましまへんけど……」

「じゃあ扇谷君は、間宮先生の作品の中でどれが一番好きですか?」

ニッコリ笑って問われて、梓も思わず笑顔になった。

「私は五月雨《さみだれ》の夜が好きです。主人公の五月《さつき》の考え方に共感を覚えますし、何より生き方に憧《あこが》れます。あ、でも、この前活動写真になった双翼《そうよく》も好きです。活動写真もうまいこと小説の雰囲気をつかんでて、役者の方の演技もよかったでっけど、やっぱり小説で読むと感動が違います。登場人物の気持ちに素直に寄り添えるといいますか、同じ人生を歩んでるような気持ちになれるといいますか」

間宮の作品に関することだったからだろう、梓は箸を止めて熱心に言葉を紡《つむ》いだ。

今までにない勢いに驚いたらしく、暮林は大きく瞬《まばた》きをする。が、すぐおかしそうに目を細め、砕《くだ》けた口調で言った。

「扇谷君は本当に、間宮先生の作品が好きなんだな」

「へえ……、あの、すんまへん……」

今更ながら恥ずかしくなってうつむき、寿司を口に入れる。暮林とは初対面に近いのに、語りすぎた。間宮の作品のことになると、自然と言葉があふれ出てしまう。

先生ご自身についてもしゃべりたいけど、たぶん、ただの惚気《のろけ》になってまうさかい……。

情を通じてからは、黒羽出版の同僚にも間宮のことは話しすぎないように気を付けている。

しかし暮林は呆れる様子もなく闊達《かったつ》に笑った。

「謝ることはないさ。私は先生の作品の全部を読んだわけじゃないから、どの作品がどんな風によかったか、扇谷君に教えてもらえると嬉しい」

「けど、わたいの考えをお伝えしてもしゃあないでっしゃろ。感じ方はそれぞれやし、ご自身が先入観なしで読まはった方がええと思います」

「それもそうだけれど、私は間宮先生の作品についてだけじゃなくて、先生に特別気に入られている扇谷君のことも知りたいんだ。むしろそっちの方が今の私には大事だ。だから、扇谷君の意見が聞きたいんだよ」

滑《なめ》らかな口調で言われて、はあ、と梓は頷いた。

そうまでして間宮に気に入られたいのか。

ちり、と小さく胸が痛んだ。間宮先生はわたいだけの大事なお人や。そんな風に思ってしまう。間宮を好きになるまでは一度も感じたことのない邪《よこしま》な独占欲に、梓は自己嫌悪を覚えた。

暮林さんは編集者として、間宮先生の原稿がほしいだけやのに……。

浅ましいほど欲情するようになってしまった上に嫉妬深いなんて、どうしようもない。

小さく息を吐いた梓は、できる限り落ち着いて尋ねた。

「暮林さんは、何をお読みになりましたか？」

その質問に、暮林は嬉しそうに白い歯を覗かせる。

「私も双翼は読んだよ。後は白皙《はくせき》と満《み》ち潮《しお》、道しるべがよかった」

「たくさん読んでおられるやないでっか。私も道しるべは好きです」

「そうか。気が合うな。あの短編は物語自体の起伏は少ないが、その分、主人公の心の変化をよく捉《とら》えていて感心したよ」

「へえ、へえ！　私もそない思いました」

気を取り直して語り始めると、次第に嫉妬心は治まっていった。

暮林が間宮の作品をきちんと読み込んでいることが、何より嬉しかった。


梓が間宮の元を訪《おとず》れたのは、翌々日のことである。

くまはいなかったが、先客がいた。間宮の友人、豊浦《とようら》だ。

玄関の戸を開けてごめんやす、黒羽出版の扇谷ですと声をかけると、入れ、と書斎から間宮の声が聞こえてきた。豊浦もいるとわかったのは、玄関先に見覚えのある革靴が置いてあったからだ。

間宮以外の作家に探偵小説集の話をしたところ、数人が乗り気になってくれて、雑誌の発行が可能になりそうなこと。そして、暮林との会食が間宮の作品を語る場となり、なかなか有意義だったこと。その二つを話そうと思っていたが、どうやら後回しになりそうだ。

ともあれ、楽しかったので近いうちにまたぜひ会いましょうと暮林に言われたことは、黙っていようと思った。社交辞令を真に受けても仕方がない。

「お邪魔いたします」

廊下に膝をついて頭を下げた梓にまず声をかけたのは、間宮ではなく豊浦だった。

「久しぶりだな、扇谷君！　元気そうで何よりだ」

間宮の書斎の真ん中に陣取り、団扇を忙《せわ》しなく動かしている豊浦に、梓は改めて会釈した。

豊浦に会うのは、間宮がこの家に引っ越してきたとき以来である。

「ご無沙汰しております。豊浦さんも、お元気そうでよろしおました」

「私はすこぶる元気だよ。暑い中、遠路はるばる来たというのに、茶のひとつも出してもらえないがね」

豊浦はわざとらしく団扇をバタバタと動かす。部屋の隅にある電気団扇も風を送っているが、それだけでは足りないらしい。

うるさいぞ、と応じたのは豊浦の正面――文机《ふづくえ》の前に胡坐《あぐら》をかいた間宮だ。今日も洋服ではなく、夏の着物を身につけている。

「おまえが急にやって来て、あれこれとまくしたてるからだ。今日はくまさんはいないんだ、ひとりでに茶が出てくるわけがないだろう」

不機嫌に応じた間宮と豊浦の間に、あの、と梓は遠慮がちに割り込んだ。

「そしたら、ラムネはどないでっしゃろ。まだ冷たいですし、甘いもんがお嫌いやなかったら、どうぞ。ここのラムネはきちんと作ってますさかい、安心でっせ」

梓は鞄と共に携《たずさ》えていた風呂敷包みを差し出した。結び目を解《と》いた途端に現れたのは、汗をかいた水色の瓶《びん》――ラムネである。製造元によって品質に差がある飲み物だが、衛生的でしかも旨いと評判のものを、来る途中で購入した。三本買ったのでちょうどいい。

「おお、旨そうだな。ありがたくちょうだいしよう。間宮も飲むか？」

「飲むに決まっているだろう。おまえが買ってきたわけじゃないのに偉そうに言うな」

相変わらずの遠慮のないやりとりを微笑《ほほえ》ましく思いながら、梓は豊浦と間宮にラムネを手渡した。すまんな、と間宮もぶっきらぼうに礼を言ってくれる。いえ、と応じた梓は間宮に近い場所に腰を下ろした。しばらくの間、三人そろってラムネを堪能《たんのう》する。評判通りの、すっきりとした爽《さわ》やかな味だ。

最初に飲み干した豊浦は、満足そうに息を吐いた。

「ああ、旨かった。長い間飲んでいなかったが、ラムネもいいな。ありがとう、扇谷君」

「いえ、そないたいしたもんやおまへんよって。あの、お話はもうお済みになったんでっか?」

話の邪魔をしたのではないかと思って問うと、いいんだ、と豊浦ではなく間宮が答えた。

「たいした話じゃない」

「へえ……」

梓は間宮をそっと見遣《みや》った。

先生、ご機嫌が悪いみたいや……。

間宮の様子を見ていた豊浦が口を挟んでくる。

「間宮、扇谷君に家のことを話していないのか」

「僕はもう家を出たんだ。関係ない。関係ないのだから話す必要もない」

「まあ、そうかもしれないが、まるきり関係がなくなったわけではないだろう」

間宮先生のおうちのことて何やろう。

首を傾げて間宮を見遣るが、むっつりと黙ってラムネを飲むばかりだ。

仕方なく豊浦に視線を移すと、苦笑が返ってきた。

「間宮の家は紡績業《ぼうせきぎょう》を営《いとな》んでいてね。先の戦争の好景気に乗って事業を拡大したんだが、戦後あっという間に景気が悪くなっただろう。その上、未曾有《みぞう》の大震災が起こった。事業拡大の際に莫大《ばくだい》な借金をしていたこともあって、耐え切れなくなって吸収されることになったんだ」

「そら、えらいことやないでっか……」

吸収といえば聞こえはいいが、実際のところは倒産なのだ。

震災をきっかけに、ただでさえ悪かった景気は更に悪化している。倒産する会社が相次いでいることは、新聞を読んだり、『滝《たき》の尾《お》』の主人である兄に実際の話を聞いたりして知っていた。

通俗小説の売り上げが伸びているのも、不景気で苦しい世の中にあって、大衆がより娯楽性の強い内容を求めているせいだ。活動写真も、廃《すた》れかけていた勧善懲悪《かんぜんちょうあく》の旧劇《きゅうげき》が再び人気になっていると聞く。

「別に、何もえらいことはない」

素《そ》っ気《け》なく言ってのけたのは間宮だった。

「経営不振に陥《おちい》った会社が、資金力のある会社に吸収合併されるのは当然の話だ。豊浦、おまえ一美《かずみ》に倒産させないように頼まれたのか」

「まさか。一美がそんな頼みごとをする女じゃないことは、おまえが一番よく知っているだろう。唯彦《ただひこ》君が跡を継いだ時点で、いつかはこんな日が来ると覚悟していたようだ。話を聞いても少しも動じなかった。普段のおっとりした物腰もいいが、気丈なところにも改めて惚れ直したよ」

「おまえの惚気話なんか聞きたくない。余計なことは言うな」

ぶっきらぼうに言いながらも、間宮が安堵したのが窺えた。妹の心情を思いやったのだろう。

そうか？　と残念そうに首を傾げた豊浦だったが、やがて顔をひきしめた。

「だいたい、父は親戚だからといって甘やかすような真似はしない。あちらの再三《さいさん》の借金の申し込みに、決して首を縦《たて》に振らなかったんだからな。唯彦君に金を貸すのは、底の抜けた桶《おけ》に水を注ぐのと同じだと言っていた。私も同じ意見だ。豊浦が房山《ふさやま》紡績を吸収したのは、唯彦君が一美の兄だからじゃない。房山紡績が持つ販路《はんろ》に魅力を感じたからにすぎない。やり様によっては、まだ儲《もう》けられると踏んだだけのことさ。当然だが、唯彦君には経営陣から退《しりぞ》いてもらった。まあ、散々ごねられたがね」

豊浦はさばさばとした口調で言う。そういえば、間宮の本名は「房山重良《しげよし》」だった。唯彦という名前を聞くのは初めてである。会社を継いでいるということは、間宮の兄だ。

「間宮、おまえに借金の申し込みはなかったのか」

「ないな。誰に頭を下げても、僕にだけは下げたくなかったんじゃないのか」

「そうか。そうかもしれないな」

間宮の皮肉めいた物言いに、豊浦はため息まじりに応じる。

唯彦という人は、どうやら間宮と不仲らしい。間宮が関係ないと言い切ったところを見ると、唯彦だけでなく身内の誰とも――豊浦の妻である妹の一美を除いて――交流はないのだろう。情を通じた後、ご本名で呼んだ方がよろししか？　と尋ねると、今まで通り間宮でいいと言われた。豊浦も間宮と呼んでいるし、そちらの方が間宮本人も馴染《なじ》み深いのだろうと深く考えなかったが、そんな単純な話ではないのかもしれない。

何か事情がおありなんや。

じっと見つめた先で、間宮はラムネを飲み干した。小さく息を吐いた後、ようやくこちらに視線を向けてくれる。彫りの深い端整な面立《おもだ》ちには、苦々《にがにが》しい表情が映っていた。

「僕はとうの昔に勘当《かんどう》された身だ。家業が倒産しようが吸収されようが、知ったことじゃないし、今更何とも思わない。君も気にしなくていいからな」

へえ、と頷いたものの、梓は寂しいような心持ちになった。

情人だからといって、何もかもを打ち明ける必要はないと思う。

しかし間宮は、本心では家のことを気にしているように見えた。最近はほとんど感じられなくなっていた頑《かたく》なさが表に出ているのが、その証《あかし》だ。

わたいにちぃとでも、胸の内を話してくれはったらええのに……。

そういえば三日前、暮林と飲みに行くと伝えたとき、間宮は何かを言いかけて途中でやめた。家業の危機について、きっと何も知らなかったわけではあるまい。もしかして家の事情を話そうとしたのだろうか。

先生が悩んではったかもしれんのに、わたいは何も気付かんと、もっとしてほしいて浅ましいねだってしもた……。

しかも、暮林に対してしなくてもいい嫉妬までしてしまった。恥ずかしくて情けない。

その後は房山紡績とは関係のない世間話をしたが、仕事の合間を縫《ぬ》って訪ねてきたという豊浦は、三十分ほどで帰って行った。また近いうちに寄ると言った豊浦に、そんなに来なくていいと間宮は無愛想に返した。少しも気にする風もなくハハハと笑った豊浦だったが、梓にこっそり囁いた。もう割り切っているとは思うが、一応気にかけてやってくれないか。

「まったく、息せき切って来るから何事かと思えば、くだらない」

豊浦を見送り、書斎に戻ってきた間宮は忌々《いまいま》しげにつぶやいた。

「先生のお兄さんのことですよって、気にしはったんやないでっか?」

傍に腰を下ろしつつ遠慮がちに言うと、間宮はふんと鼻を鳴らした。

「兄といっても血はつながっていない。まあ多少はつながっているが、ほとんど他人だ。なにしろ二親《ふたおや》が違うからな」

二親が違う兄弟。ということは、つまり。

「先生は、ご養子さんやったんでっか?」

「ああ。兄の唯彦は子供の頃、体が弱くて二十歳まで生きられないと言われていた。だから親戚筋の家の六男坊だった僕が、七つの年に養子に出されたんだ」

間宮の物言いは他人事《ひとごと》のように素っ気なかった。

体の弱かった実子が長《ちょう》じるにつれて丈夫になり、無事に大人になったとしたら、養子はどうなる?

あからさまではないかもしれないが、疎《うと》まれるのではないか。――否《いな》、間宮の口調からすると、あからさまに疎まれたのだ。

想像しただけで、胸が潰れるような痛みに襲われた。

どないに辛かったやろう。悲しかったやろう。寂しかったやろう。

できることなら幼い間宮の下《もと》へ飛んで行って、強く抱きしめたかった。冷たい家から連れ出して、温かい居場所をあげたい。

「元のおうちに戻ることはできんかったんでっか……?」

遠慮がちに問うと、間宮はふんと鼻を鳴らした。

「親戚といっても遠縁で、貧乏な家だったからな。金で僕を売ったようなものだ。帰れる場所はなかった。それに、間宮の家も面子《メンツ》があったんだろう。実子が立派に育ったから養子を放った無責任な家だと陰口を叩かれるのが嫌だったらしくて、僕を手放そうとはしなかった。いっそ、手放してくれた方がお互いに楽になれたと思うがな」

何を言っていいかわからず、さいでっか、と梓は小さく相づちを打った。

ああ、わたいはほんまに間が抜けてる……。

間宮の気持ちが楽になる言葉が思い浮かばない。そもそも梓は父を早くに亡くしたものの、母と兄、そして建治《けんじ》をはじめとする従業員たちに温かく見守られて育った。恵まれた環境にいた自分が考え出した言葉は、上滑《うわすべ》りしてしまう気がする。

情人としても編集者としても、役に立たない。

うつむいて唇をかみしめていると、間宮がため息を落とす音が聞こえてきた。

「君がそういう人だとわかっていたから、言いたくなかったんだ」

つぶやくように発せられた独り言に、梓は恐る恐る顔を上げた。

間宮は窓の方を向いていた。くっきりとした眉がきつく寄っている。あれこれと聞いてしまったので不愉快に感じたのかもしれない。

「あ、あの……、立ち入ったこと聞いてしもてすんまへん……」

「別にかまわない。今の僕にはもう関係ないんだからな。それより君、また番条社の男と会う約束をしたそうじゃないか」

ぶっきらぼうに問われて、へえ、と慌てて頷く。

「ただ、日は決めてまへんよって、社交辞令として言わはっただけや思いますけど……。暮林さん、お見えになったんでっか?」

尋ねた梓を、間宮は一瞬じろりとにらんだ。

が、すぐにまた明後日《あさって》の方を向いてしまう。

「昨日来た。君のことをやたら褒《ほ》めていたぞ」

「え、わたいをでっか?」

「ああ。素直で純真で、瑞々《みずみず》しい感性を持っていると言っていた。物事を冷静に分析する力があるとも言っていた」

　過剰な褒め言葉に、梓は苦笑した。暮林のことだ。きっと立て板に水を流すような口調だっただろう。

「先生、それはただのお世辞です。暮林さんは、間宮先生がわたいに特別信を置いてはるて考えてはるんです。そやさかい、わたいを褒めたら先生のお気に召すやろうて思わはったんやと思います。どないしても間宮先生に書いてもらいたいみたいでしたよって」

　それにしても、暮林はやはりおかしな男だ。どうせ褒めるのなら、間宮の作品を褒めればいいものを。梓を褒めるなんて、随分と遠まわりなやり方である。

　東京では、作家のお気に入りの編集者を褒めるのが当たり前なのだろうか？

　そないな話、聞いたことない……。

　内心で首を傾げていると、間宮は再びじろりとこちらをにらんだ。

「楽しかったと言っていたが、君も楽しかったか」

「あ、へえ。先生の作品の話が思う存分できましたよって、楽しかったです。暮林さんも先生の御作《おさく》をよう読み込んでおられて、そういう方とお話できて嬉しかったです」

　そうか、と間宮は短く相づちを打った。

　暮林の話題を振ったのは間宮だ。にもかかわらず、横を向いた顔には不機嫌そのものの表情が浮かんでいる。

梓は背筋が冷たくなるのを感じた。暑くてかいた汗ではなく、冷や汗が額《ひたい》に滲《にじ》む。

どないしょう。わたい、また何か間違えてしもたみたいや。

梓、と低い声で呼ばれて、びく、と全身が跳ねた。

「へ、へえ……」

どうにか返事をすると、間宮はまた梓をにらんだ。

何を言われるのかと息をつめて待つが、ついと視線をそらした間宮は黙り込んでしまう。

中庭で鳴く蟬《せみ》の声が、やけに大きく聞こえた。

「先生……?」

沈黙に耐えかねて恐る恐る呼ぶと、間宮はため息を落とした。

言いたいことを飲み込んだ名残《なご》りが、その深い息に滲んでいる気がして、心臓がぎゅっと縮んだような錯覚に陥る。

「いい。何でもない」

先生、ともう一度呼ぼうとしたのを遮《さえぎ》るように、間宮は口を開いた。

「けど……」

「いいと言っている」

怒鳴る寸前の鋭《するど》さで言われて、梓はびくりと肩を震わせた。

間宮は気まずそうに顔をしかめた。かと思うと、梓の腕をつかんで強引に引き寄せる。

あ、と小さく声をあげて倒れ込んだ梓を、間宮はきつく抱きしめた。

薄手の着物越しに、体の熱がはっきりと伝わってくる。広い胸に押しつける形になった鼻先に、間宮の匂いが満ちる。

それだけで早くも高ぶりそうになって、梓は慌てた。

「い、いけまへん、離しとくなはれ……。わたい、汗をかいてますよって……」

「君はそればかり言うな。かまわない、僕は君の汗の匂いが好きだ」

「けど、まだ、昼間で……」

「嫌なのか？」

低い声で尋ねながら、間宮は梓の首筋に唇を這わせた。きつく吸われて、あ、と濡れた声を漏らしてしまう。それが合図だったかのように、間宮は梓が着ていたシャツを乱暴に剝《は》いだ。畳に押し倒され、露わになった素肌に執拗《しつよう》に口づけられる。

「あ、ん、先生……」

何を間違えてしまったのかちゃんと尋ねたいと思うのに、貪《むさぼ》るような愛撫に思考力が溶かされて言葉が出てこない。唇からあふれ出るのは、色を帯びた嬌声《きょうせい》ばかりだ。

君がそういう人だとわかっていたから、言いたくなかったんだ。

今し方聞いたばかりの間宮の言葉が、唐突に耳に甦《よみがえ》る。

淫《みだ》らではしたない嬌態《きょうたい》を散々見せられて、まともに話をする気が失せたのかもしれない。だから心の内を明かしてくれないのか。

間宮に抱いてもらえるのは本当に嬉しい。求められる喜びは、身も心も蕩《とろ》かせる。心から想う人との情交が、これほど濃密な快楽を生むなんて知らなかった。

けど、このままやったらあかん。

間宮の苦悩を打ち明けてもらえるようになりたい。体だけでなく、心も寄り添いたい。

必死で快楽の波に抗《あらが》おうとしたそのとき、下帯《したおび》の中に直接大きな手が入り込んできた。

「は、あぁ……」

激しく擦《こす》られて、艶《つや》めいた声をあげてしまう。

「あかん、せんせ、あきまへん、あ、ぁん」

容赦《ようしゃ》のない愛撫を施《ほどこ》された性器は、たちまち色濃く染まって反《そ》り返った。ひっきりなしに嬌声が漏れ、腰が悩ましく揺れる。

早くも先端から滴《したた》り落ちたものが間宮の手を濡らした。滑《すべ》りがよくなったせいだろう、手の動きはより一層大胆になる。くちゅくちゅという淫靡な水音と、感じたままの梓の声が書斎に満ちた。

情交だけの関係にはなりたないのに、止められへん。

「や、いやぁっ……」

頭を振りながらも、梓は呆気《あっけ》なく極まった。

「顔色が優《すぐ》れないな。何かあったのか？」

心配そうに覗き込んできたのは、眦《まなじり》の垂《た》れた目だ。

物想いに耽《ふけ》っていた梓は、慌てて首を横に振った。

「いえ、何でもございまへん」

「本当に？」

やはり心配そうに問われて、へえと大きく頷く。

目の前に暮林がいるのに、間宮のことを考えてしまっていた。

繁華街にあるバーは、暮林の行きつけだという。棚にずらりと飾られた洋酒は圧巻だ。

腰かけの椅子がいくつも置かれた流行のバーの存在は、梓も知っていた。接待に使うかもしれないので、様々な店を把握しているのだ。暮林は大阪に避難してきて半月ほど経《た》った頃、自力でこのバーを見つけたという。前向きで物怖《ものお》じしない性格が窺える。

「それならいいけれど。酒も進んでいないようだし、何かあったのかと思って」

心配そうに眉を寄せた暮林に、慌てて首を横に振る。

「いえ、すんまへん。私、もともとお酒はあんまり強うないんです。けど嫌いなわけやのうて、むしろ好きですよって、美味《おい》しいいただいてます」

梓はグラスをあおった。喉がカッと熱くなると同時に、くらりと目眩《めまい》がする。飲み慣れない洋酒は、まわるのが早い。

月曜の今日、仕事を終えて会社を出ると、具体的に会う約束をしていなかったにもかかわらず暮林が待っていた。飲みに行こうという誘いに応じたのは、落ち込んでいた気分を少しでも浮上させようと思ったからだ。

一昨昨日《さきおととい》は結局、間宮の熱を二度受け入れた。どんなに感じないでおこうとしても、既に痺《しび》れるような快楽を覚えた体では不可能だった。すぎる快感のせいか、あるいは感じすぎる己への嫌悪感のせいか、行為の最中、喘《あえ》ぎながら泣きじゃくってしまった。

事後、間宮はいつもと変わらず梓の体を清めて、着替えさせてくれた。その手はいつものように優しかった。無茶をしてすまなかった、と謝ってもくれた。

けどやっぱり、胸の内を明かしてはくれはらへんかった……。

日曜も一緒にすごしたのに、家に対する苦しい思いはもちろん、情交の前に不機嫌になった理由も、話題の端にすら上《のぼ》らなかった。

以前、まめ千代《ちよ》と良い仲だと誤解され、間宮に無視されたことがあった。そのときの刺すような痛みに似た寂しさを感じる。

お姐《ねえ》さんに相談するわけにもいかんし……。

まめ千代は今、来年の春に建治《けんじ》と一緒になるための準備をしている。お客だけでなく、踊りや三味線《しゃみせん》の師匠への挨拶《あいさつ》まわりや、同じ置屋《おきや》に所属する舞妓《まいこ》や藝妓《げいこ》への指導等で、目がまわるほど忙しいようだ。

「間宮先生と喧嘩でもしたのか?」

いきなり核心を突かれて、梓は思わず暮林を見た。

ん? という風に、男は邪気のない笑みを浮かべて首を傾げる。

この人は、やっぱり鋭《するど》い。

できる限り動揺を表に出さないようにして、いえ、と梓は首を横に振った。

「喧嘩なんかしてまへん」

「しかし間宮先生と何かあったんだろう」

「なんで、そない思わはるんでっか?」

警戒しながら尋ねると、暮林はニッコリ笑った。

「君が間宮先生の作品の話をするとき、心底嬉しそうで楽しそうだから、よほど好きなんだろうと思ってね。上の空になる原因は、間宮先生しか思いつかなかったんだ」

わたい、そないにあからさまやったやろか……。

間宮本人については、梓しか知らないことを口に出さないように細心の注意を払っていた。が、作品については確かにあれこれ語った。間宮の作品について思う存分語るのは、本当に楽しかった。

けど、ちぃとしゃべりすぎたかもしらん。

反省していると、暮林が体を寄せてきた。

「間宮先生は気難しい方だと聞いていたが、存外お優しいな。少々わかりにくいだけで、誠実でいらっしゃるし」

間宮を褒められて、梓は知らず知らずのうちに笑顔になった。黒羽出版の同僚たちを含め、間宮を優しいと評する編集者に会ったことがない。豊浦にも未《いま》だに、間宮を褒めるのは君と一美くらいだと言われる。先生はほんまにお優しい方やのに、なんでわからはらへんのやろ、といつも歯がゆい思いをしていたのだ。

「へえ、へえ！　さいでっしゃろ！　先生は険《けわ》しいお顔をしておいでやけど、お優しいて真面目な方なんです」

梓の勢いに驚いたらしく、暮林は目を丸くした。が、すぐにその目を細めてこちらを見つめてくる。

「君の言う通りだ。私はすっかり間宮先生が好きになってしまったよ」

「すきに……？」

「ああ。先生の本質を見抜いている扇谷君はさすがだね。作品はもちろんだが、先生のお人柄も好きにならない方がおかしい。君もそう思うだろう？」

わずかに頬を染めて言った暮林に、一度は高揚した気分があっという間に冷えた。

もしかして、暮林さんも恋い慕《した》う意味で先生を好いてはるんやろか……。

間宮に気に入られたいというのは、編集者としてだけではないということか。暮林個人としても近付きたいからこそ、間宮に信頼されている梓と親しくなりたいのかもしれない。

無言でうつむいた梓が辛そうに見えたのか、暮林は声を落として尋ねた。

「もしかして、間宮先生にもう君のところでは書かないと言われたのか？」

「いえ、そないなことは言われてまへん……」

まだそう言われた方がわかりやすかった。単純に梓が嫌になったということだからだ。

胸の内を明かしてくれないのに、抱いてはくれる。優しくもしてくれる。

情交だけは続けたいていうことやろか……。

淫《みだ》らで浅ましい体になった梓には、それしか価値がないと思ったのか。

——まさか！　そないなことあるわけない。間宮先生はそないなお人やない。

そう思い直したにもかかわらず涙が滲《にじ》みそうになる。飲みつけない洋酒がかなりまわってきたようだ。

一方の暮林は、ふうんとうなるような相づちを打った。

「この前、間宮先生のご自宅をお訪ねしたときに扇谷君のことを話したんだけど、なんだか急に機嫌を悪くされてね。そのときから、間宮先生と何かあったんじゃないかと気になっていたんだ」

近い距離に陣取ったままの暮林の言葉に、え、と梓は小さく声をあげた。

わたい、気付かんうちに何かしてしもたんやろか……。

間宮からは何も言われていない。またしても話してもらえなかったということか。

そういえば暮林の話題が出たとき、間宮はひどく機嫌が悪そうだった。何かを言いかけてやめた。

——間宮先生と、ちゃんとお話がしたい。

明日は午後から間宮の家を訪ねる予定である。くまは休みらしいから、間宮と二人きりだ。今度こそ快楽に流されずに話をしたい。

そのためにも、早く帰った方がよさそうだ。二日酔いの状態で真剣な話をするなんて以《もっ》ての外《ほか》である。

「あの、暮林さん、すんまへんけど、私、そろそろお暇《いとま》します」

梓は遠慮がちに頭を下げた。

ええっ、と暮林が驚いたような、それでいてつまらなそうな声をあげる。

「まだ飲み始めたばかりなのに、もう帰るのか?」

「せっかく誘《さそ》てくれはったのにすんまへん。ちぃとせなあかんことを思い出しまして。また今度、ゆっくりご一緒さしとくれやす」

立ち上がろうとした瞬間、足元がふらついた。

すかさず暮林が脇に腕を入れて支えてくれる。

「大丈夫か?」

「へえ……、すんまへん。大事おまへんよって……」

「大事ないって感じじゃないぞ。すまない、洋酒は合わなかったかな。こんな君を一人で帰らせたら、私が間宮先生に叱られてしまう」

「そんな……。先生は、わたいのことなんか……」

暮林に心配されていることが情けなくてみっともなくて、梓は力なく首を横に振った。

以前は、間宮は心配してくれると確信が持てた。現に数日前、酒をすごさないようにと注意されたのだ。しかし、今の間宮が心配してくれるかどうかはわからない。

項垂《うなだ》れると、脇にあった暮林の手が腰にまわった。体を密着させ、梓の耳元で励《はげ》ますように囁く。

「僕が責任を持って家まで送るよ。さあ、行こうか」

しっかりと支えてくれる暮林に促《うなが》され、梓は覚束《おぼつか》ない足取りで歩き出した。

暮林さんこそ、最初は変な人や思《おも》たけど優しい。それに親切や。

そんな人が間宮を好きかもしれないと考えるだけで、また涙が滲んでくる。

わたいには到底敵《とうていかな》わん相手や……。

翌日の午後、梓《あずさ》は重い足を引きずって間宮《まみや》宅へ向かった。

今日も空は青く晴れ、日差しが強い。どこにいるのか、蟬《せみ》の声がひっきりなしに響いている。歩いているだけで汗がじっとりと滲んでくる。

地上の全てを焦《こ》がせとばかりに照りつける太陽の眩《まぶ》しさとは裏腹に、梓の心の内は沈んでいた。間宮の本心を話してもらうことを考えて、昨夜《ゆうべ》はあまり眠れなかったのだ。もし、君は僕が話をするに値《あたい》しないと言われたらどうしよう。間宮の冷たい物言いを想像しているうちに、夜が明けてしまった。幸い二日酔いにはならなかったものの、頭も重い。

先生をお訪ねするのに、こないな気持ちは初めてかも……。

いつも間宮に会えるのが嬉しくてたまらなくて、羽根でも生《は》えたかのように足が軽かった。葺《ふ》き替えたばかりの瓦《かわら》屋根が見えてくる。萎《な》えそうになる足をどうにか前に出して歩く。

ようやく玄関にたどり着いた梓は、大きく息を吐いた。ごめんやす、と声をかけようとして、縁側《えんがわ》の方から微《かす》かに聞こえてくる話し声に気付く。

間宮先生と、暮林《くればやし》さんの声や。

ドキ、と心臓が跳ねたのがわかった。たちまち鼓動が早くなる。

暮林は昨夜、梓を長屋の近くまで送ってくれた。自分で歩けると言ったのに、ずっと支えてくれて申し訳ない気持ちになった。今日会ったら、改めて礼を言わなくてはいけない。

それにしても、二人で何を話してはるんやろ。

盗み聞きはいけないと思いながらも、梓は足音を忍ばせて縁側にまわった。中庭の木にとまった蟬《せみ》がうるさく鳴いているせいか、二人が気付く様子はない。

それをいいことに、梓は木の陰に身を潜《ひそ》めた。縁側で炊《た》かれている蚊取り線香のおかげで、蚊はいないようだ。

「先生、扇谷《おうぎや》君をうちに引き抜いたら、うちで書いてくださいますか?」

耳に飛び込んできた暮林の声に驚いて瞬《まばた》きをする。

引き抜きて、何やそれ……。

冗談を言っている口調には聞こえなかった。間宮に書いてもらうためなら、梓一人を雇うくらい苦でもないということか。

「それ以前に、扇谷君は黒羽《くろはね》出版を辞めないだろう。採用してくれた社長に恩を感じているようだし、同僚ともうまくいっている。何より、やりたいことをやらせてもらえているようだからな」

素っ気《そけ》なく応じた間宮に、しかし、と暮林は食い下がる。

「大手でしかできないこともありますからね。黒羽出版が悪いと言っているわけではありませんよ。ただ、流通量が違う。まだ具体的な待遇の提示はしていませんが、より多くの人に間宮先生の作品を読んでもらえると言えば、考えてくれると思います」

「どうだかな。黒羽出版の雑誌は最近よく売れていると聞いている。活動写真の話もきているし、既に多くの人に手に取ってもらっていると思うぞ」

突き放した物言いは、冷たいのを通り越して険悪《けんあく》だった。豊浦《とようら》に対しても素っ気ないが、それは気心が知れた故《ゆえ》の素っ気なさだ。今の間宮の声からは敵意すら窺える。

暮林さんの何にそないに腹を立ててはるんやろ。

間宮の刺々《とげとげ》しい態度を意に介する風もなく、暮林はあっけらかんとした口調で答えた。

「私はあきらめませんよ。扇谷君とはかなり親しくなりましたから、時間をかけて説得するつもりです」

一瞬、沈黙が落ちた。

次に口を開いたのは間宮だ。

「親しくなったとは、どういう意味だ」

「どういうって、言葉の通りですよ。昨夜もバーで一緒に飲んだんです。扇谷君が純真で、そのくせ存外冷静な物の見方をすることは先日もお話ししましたけれど、彼には不思議な色気がありますね。一見すると可愛らしいのに、仕種や体つきは官能的とでもいうのかな。それなのに驚くほど無防備で、正直かなりよろめきました。私も東京でいろいろな人と交流を持ちましたが、男でも女でもあんな人はいなかった」

わたいのこと、そないな風に見てはったんか……。

やけに距離が近かったのも、体を支えてくれたのも、梓を邪《よこしま》な目で見ていたせいだったのだ。

正直、間宮以外の男を思慕《しぼ》の対象として意識したことがなかった。逆に、意識されるとも思っていなかった。羞恥《しゅうち》を感じるより先に、冷や汗が背中に滲《にじ》む。

嫌だ、と強く思った。

間宮先生やないと嫌や。他の男は嫌や。

だいたい、暮林は間宮を慕《した》っているのではなかったのか？

「扇谷君に手を出すなよ」

暮林の軽い物言いとは正反対の鋭い口調が聞こえてきて、またしても心臓が跳ねた。

間宮が鬼の形相《ぎょうそう》をしていることは、見えなくてもわかった。じんと胸が熱くなる。

わたいのこと、守ろうとしてくれてはる……。

一方の暮林は明るく笑った。

「そんなに怖い顔をしないでください。間宮先生も良い男ですよ」

「君に褒められても微塵《みじん》も嬉しくない」

「おや、そうですか？　私は間宮先生に褒めてもらえたら嬉しいです。ああ、でも先生は扇谷君のような人が好きなんですよね」

間宮は何も答えなかった。

暮林は軽快な口調で続ける。

「扇谷君、間宮先生のことで悩んでいる様子でした。あれだけ先生を慕っている扇谷君が、先生に無茶を言うはずがありません。つまり、悪いのは先生だ」

悪びれる様子もなく言い切った暮林に、梓は呆気《あっけ》にとられた。

いったい何を言い出さはるんや。

間宮を好いているのではないにしても、人気作家に対する物言いではない。暮林は頭を下げて原稿を書いてもらう立場なのだ。

間宮はやはり無言だった。次に聞こえてきたのは、またしても暮林の声だ。

「先生には、ぜひとも弊社《へいしゃ》で小説を書いていただきたい。必要なら、先生のご希望通りの環境を整えます。しかしそれと扇谷君のことは別だ。心当たりがあるのなら、扇谷君に謝っていただきたい。謝れないというなら、先生は扇谷君に相応《ふさわ》しくない。私が彼を貰《もら》い受けます」

淡々としているにもかかわらず、糾弾《きゅうだん》する厳しい口調に耐えきれなくなったのは、間宮ではなく梓だった。矢も楯《たて》もたまらず植木の陰から飛び出す。

「ちが、違いますっ。間宮先生は、何も悪いことおまへん。わ、わたいが、悪いんです」

間宮と暮林は縁側にいた。

目を丸くしてこちらを見ている二人に、懸命に言いつのる。

「ほんまです、先生は何も悪うない。わたいが、頼りのうて、は、はしたのうて……、流されやすいさかい……。先生の、苦しい胸の内を打ち明けていただくには、わたいでは、力不足なんです……。ただ、それだけ……、それだけです……」

言葉を重ねているうちに更に感情が高ぶってきて、止める間もなく、ぽろぽろ、と涙がこぼれ落ちた。慌てて手の甲で拭《ぬぐ》うと、梓、と焦《あせ》ったような声で呼ばれる。

呆気にとられている暮林を放って、間宮は裸足《はだし》のまま中庭に飛び降りた。そして躊躇《ためら》うことなく梓を正面から抱きしめる。

「何を言っているんだ、君は悪くない。悪いのは僕だ。君がそんな風に考えているなんて思わなかった。すまなかった」

その勢いに押され、鞄が地面に落ちた。

「いいえ、いいえ……。謝らんといとくなはれ……。わ、わたいが、悪いんです……」

間宮の腕の中で、何度も首を横に振る。その拍子に、かぶっていたカンカン帽も地面に落ちたが、嬉しいのか苦しいのか、自分でも何がなんだかわからなくて拾う余裕などない。

先生が抱きしめてくれてはる。それに、謝ってはる。

わたいが悪いのに、なんでやろ。

「なるほど。間宮先生と扇谷君は良い仲だったんですね」

しみじみとした物言いが聞こえてきて、ハッとする。

慌てて離れようとするが、間宮はしっかりと梓を抱きしめたままでいた。肩越しに暮林をに

らみつけ、ぶっきらぼうに問う。

「君、気付いていただろう」

「気付いてはいませんでしたよ。ただ、そうかもしれないな、でも扇谷君を気に入ったから、そうじゃなければいいなとは思っていました」

「それを気付いていたと言うんだ」

呆れが混じった間宮の口調に、ハハ、と暮林は笑う。

あの、と梓は間宮の腕の中から必死で暮林に話しかけた。

「だ、誰にも言わんといとくなはれ。わたいは、誰に何言われても、何されてもかましへんけど、先生は立場のあるお人やよって、お頼《たの》申します」

暮林は目を見開いた後、苦笑を浮かべた。

「そんな下衆《げす》なことはしないから安心してくれ。だいたい、男色《だんしょく》なんて昔からあるだろう。そんなに珍しいものでもない。それに、私はもっとぎょっとするような変態趣味をお持ちの先生を、何人も知っているからね」

暮林は一度言葉を切り、梓から間宮に視線を移す。

「それにしても先生、扇谷君のような人に一途《いちず》に想われて羨《うらや》ましい限りです。大事にしないと罰《ばち》が当たりますよ」

「君に言われなくてもわかっている」

「わかっているのに泣かせたんですか?」

意地の悪い問いかけに、間宮は言葉につまった。

暮林の甘い顔立ちに、満足げな笑みが浮かんだのが見える。かと思うと、わざとらしく悲しげに眉を寄せた。

「ああ、それにしても私はとことん報《むく》われないなあ。扇谷君は先生のものだし、先生は原稿を書いてくださらないし、何ひとついいことがない。扇谷君を譲《ゆず》れないのなら、原稿を引き受けるくらいのことはしてくださらないと、全く割に合いませんよ」

悲劇の主人公の独白のような物言いをした暮林に、間宮はため息を落とした。

「——わかった。番条《ばんじょう》社で書くことを考えておくから、また来たまえ」

「えっ、本当ですか? ありがとうございます! いやあ、よかったよかった! これで私も少しは浮かばれます」

やりとりと聞いていた梓は、間宮の腕の中で瞬《まばた》きをした。

先生、文学を書かはるんや。読んでみたい!

自然と笑顔になったのがわかったのか、暮林は改めて梓に視線を移した。

「扇谷君を我が社に引き抜きたいという話は本当だから。また近いうちに二人きりで話そう」

間宮がじろりと暮林をにらむ気配がする。

「君、用事はもう済んだだろう。さっさと帰れ」

「はいはい、邪魔者は退散しますよ。でも先生、うちで書くっておっしゃったこと、忘れないでくださいね。扇谷君が証人ですから、ごまかしは利《き》きませんよ」

念を押した暮林は、脇に置いてあった鞄とカンカン帽を手に取り、中庭へ降りてきた。どうやら玄関からは入れてもらえなかったので縁側にまわったようだ。

暮林は地面に転がっていた梓の帽子を拾い上げ、間宮に渡した。間宮は無言で受け取る。

そのまま去るかと思ったが、暮林はひょいと梓に視線を投げた。

「扇谷君、先生が嫌になったら、いつでも僕のところへ来るといい。僕は君を泣かせるようなことはしないよ。では先生、さようなら」

間宮が怒鳴る気配を察知したらしく、暮林はさっと踵《きびす》を返した。

半《なか》ば呆気にとられて、颯爽《さっそう》と去っていく後ろ姿を見送る。やはりよくわからない男だ。

間宮が再びため息をついたのが、密着した体を通じて直接伝わってきた。

「すまなかったな、梓。君に辛《つら》い思いをさせてしまった」

「いえ、そんな、悪いのはわたいですよって……。あの、先生、番条社で書かはるんですね？」

顔を上げて問うと、間宮は苦々《にがにが》しい顔で頷いた。

「一応そのつもりだが、君が嫌なら書かない」

「えっ、全然嫌やおまへん。ぜひ書いていただきたいです。先生の文学作品、読んでみたいです。楽しみです！」

本当に楽しみだったので、ニコニコと笑ってしまう。

間宮は毒気を抜かれたように眉を下げた。どこか情けないようにも見える表情は、やがて苦笑に変わる。

「君がそう言うのなら、良いものを書かなくてはいけないな。——さあ、中へ入ろう。ここは暑い」

「あ、へえ、すんまへん。あっ、先生、裸足やないでっか！　気付かんですんまへん。今おみ足を漱《すす》ぐのに桶《おけ》を持ってきますよって、座って待っといとくなはれ」

慌てて間宮から離れようとしたが、腕をつかまれて引き戻された。かと思うと、ぎゅっと再び強く抱きしめられる。思いがけない抱擁《ほうよう》に、あ、と思わず声をあげてしまった。

「君の、そういうところがたまらないんだ。あまり僕を甘やかすな」

耳元に注《そそ》ぎ込まれた声は、熱っぽく掠《かす》れていた。

ぞく、と背筋が甘く痺《しび》れる。

「あ、甘やかしてまへん……」

「いや、甘やかしている」

「わたいを甘やかしてはるんは、先生です。先生が優しいしてくれはって、可愛がってくれはるさかい、わたい……」

口ごもった梓の額に、間宮はそっと口づけた。

「すまないが、濡らした手拭《てぬぐ》いを持ってきてくれないか？　水は汲《く》まなくていい。重いからな」

頑《かたく》なさも棘《とげ》もない柔らかな物言いに、へえ、と梓は素直に頷いた。

ああ、いつもの先生や。嬉しい。


手拭いで足を拭《ふ》いた間宮は、梓と正面から向き合った。

蟬が鳴く声と風鈴《ふうりん》が微かに鳴る音以外は、何も聞こえてこない。静かだ。

間宮は軽く咳払《せきばら》いをしてから口を開いた。

「僕が君に家のことを話さなかったのは、情けない男だと思われたくなかったからだ」

「え、わたい、そないなこと思いまへん」

驚いて首を横に振った梓に、間宮は苦笑した。

「いや、思われても仕方がないんだ。君には家がどうなろうと今更何とも思わないと言ったが、あれは嘘だ。倒産の話を聞いたとき、ざまをみろと思った。僕は過去を少しも乗り越えられていないし、優しくもない、情けない男だ」

「先生が今もおうちのことを気にしはるんは、先生がそんだけ大変な目に遭《あ》わはったせいでっしゃろ。なんぼ時間が経っても、傷つけられたことはそない簡単に消えたりしまへん。先生がお優しい分、傷も深《ふか》なったんやと思います」

思ったことをそのまま言いつのると、間宮は言葉につまった。が、すぐに苦笑する。

「そうやって君に同情されるのが嫌だったんだ。かわいそうだと思われたくなかった」

「あの、かわいそうて思《おも》たらあきまへんか……？」

梓の問いに、間宮は眉を寄せる。

「だめだとは言わないが、良い気分じゃないな」

「さいでっか、すんまへん……。けど、あの、わたい、先生の生《お》い立ちをお聞きしたとき、かわいそうで胸が押し潰されるかと思いました。今すぐ幼い先生のとこへ飛んで行きたい、寂しいないように、悲しいないように、抱きしめたいて思いました」

本心を口にする。幼い間宮の元に駆けつけたい気持ちは、今も変わらない。

間宮は目を見開いた。心の内を探るように梓をじっと見つめた後、ふと視線をそらす。そして今度は自嘲の笑みを浮かべた。

「僕は、優しくないだけじゃないぞ。かなり嫉妬深い。君が暮林君と会うと言ったとき、本当は止めたかった。わざわざ会社の前で待ち伏せしていたと聞いて、あの男は怪しいと思ったんだ。しかし確たる証拠もないし、君の交友関係にいちいち口を出す、了見《りょうけん》の狭い男だと思われたくなくて黙っていた」

「怪しい思わはったさかい、止めようとしてくれはったんでっしゃろ？　今までにも他の編集者の方と飲みに行ったことはおましたけど、そのときは何も言わはらへんかったやないでっか。先生は、わたいを守ろうとしてくれはったんですよね？」

大阪、東京を問わず、編集者のほとんどは間宮の家を一度は訪ねてきている。誰某《だれそれ》と飲みに行きますと言えば、どんな人物か間宮にはわかったはずだ。それでも、止められたことは一度もない。きっとその編集者たちが、梓を邪《よこしま》な目で見ていなかったからだ。

間宮は視線をそらしたまま、どこか投げやりな口調で言う。

「腹の中では苛立《いらだ》っていたときもあったよ。特に君と恋仲になったばかりの頃は、君がよその誰かに心を移すんじゃないかと気が気じゃなかったからな」

「え、そんな。わたいには先生だけです。先生やないと嫌や」

暮林に好かれているとわかったとき、間宮でないと嫌だと思った強い気持ちが声に滲んだ。

間宮の彫りの深い面立《おもだ》ちに、今度は悲しげな笑みが刻《きざ》まれる。

「君にそう言ってもらっても、不安な気持ちは消えてしまわないんだ。どうやら僕は人より独占欲が強いらしい。あるいは、僻《ひが》み根性が強いのかもしれないな」

「そないな、決してそないなことはおまへん。先生は誠実で、お優しい方や。先生の不安が消えるように、わたいはいつまでもお傍《そば》にいます。たとえ消えへんでも、ずっと先生のお傍にいますよって」

言葉を紡《つむ》いでいるうちに、またしても涙が滲んできた。悲しいから泣けたのではない。間宮のことが愛《いと》しくてたまらなくて泣けたのだ。

涙声に驚いたらしく、間宮は顔を上げた。くっきりとした二重の目が見開かれる。

「なぜ泣くんだ。本当は僕の傍にいるのが嫌だからか？」

「いいえ、いいえ。先生がそないわたいのこと想てくれはって、嬉しいんです……。わたいがあんまりはしたないさかい、先生は、大事なお話をしてくれはらへんのやと思てました……。わたいには、体しか値打ちがないて思てはるんと違うかて……、不安で……」

目許《めもと》を拭った手を、ふいにつかまれた。そのまま強く引っ張られる。

気が付いたときには、間宮にしっかりと抱きしめられていた。長い腕が後ろにまわり、梓の存在を確かめるように、大きな掌《てのひら》が肩や背中を撫《な》で摩《さす》る。

「馬鹿だな、君は……。僕がそんなことを思うわけがないだろう。君の方こそ、会う度《たび》に君を抱かずにおれない僕に呆れているんじゃないか？」

熱を帯《お》びた声が耳元で囁いて、梓は思わず首をすくめた。

カアッと体の芯が熱く痺れる。

「呆れてなんかいてまへん……。先生に抱いていただけるんは、ほんまに嬉しいですよって」

梓は両手を間宮の体にまわし、しがみついた。

「梓……」

呼んだ声は低く甘く耳をくすぐり、官能を引きずり出す。

小さく肩を揺らした梓の顎《あご》に、骨太な長い指が添えられた。そっと顔を上げさせられる。間宮の顔が間近にあった。日に透けるとこげ茶色に見える瞳には、燃え上がるような愛しさと、激しく渦《うず》を巻く情欲が映っている。

たぶん、わたいの目も先生と同じようになってる。

今更ながら恥ずかしくなって瞼《まぶた》を落とすと、唇を塞《ふさ》がれた。間を置かずに濡れた感触が歯列《しれつ》を割り、中へ入ってくる。舌をからめとられ、口内を忙《せわ》しなく愛撫された。

「ん、んっ……」

ああ、気持ちええ……。

欲を煽《あお》る濃厚な口づけに、羞恥《しゅうち》は呆気なく消え去った。全て自分の物だと主張するように激しく貪《むさぼ》られ、歓喜に震えながら夢中で応《こた》える。互いの唾液《だえき》が混じり合い、わずかな唇の隙間から外にあふれた。

「んっ、は、あ」

息を継いだ拍子に、濡れた声が漏れる。

それが合図だったように、間宮は梓のシャツの釦《ボタン》をもどかしげに外し始めた。梓も間宮の浴《ゆ》衣の合わせ目に手を入れる。

早《は》よ、先生の肌に触りたい。

口づけを続けながら触れた肌は汗に濡れていた。掌で確かめるように、滑《なめ》らかな皮膚を撫でる。ひんやりとした汗の感触はすぐに消え、間宮の体から発せられる情欲の熱が明確に伝わってきた。

わたいに欲情してはる……。

そう思っただけで、背筋に甘い痺れが走る。

びく、と体を震わせた梓に、間宮は唇を深く合わせたまま笑った。たとえ見えなくても、その笑みが獰猛《どうもう》かつ淫靡《いんび》だということはわかる。

「ん、ぅん……」

またしても甘い痺れが背中を襲ったそのとき、ズボンの前をくつろげられた。既に立ち上がりかけている性器が、下帯《したおび》を持ち上げているのを感じる。

躊躇《ちゅうちょ》なく布の上から摩られ、上半身がのけ反《ぞ》った。

「あっ、あは……、せんせ……」

どちらのものともしれない唾液で濡れそぼった唇で呼ぶと、梓、と掠《かす》れた声で呼び返される。

次の瞬間、畳《たたみ》の上にやや乱暴に押し倒された。それでも頭を打たなかったのは、間宮が支えてくれていたからだ。

はあはあと荒い息を吐いている間に、急《せ》いた仕種で下帯ごとズボンを剝ぎとられた。布が擦れる感触に、高い嬌声《きょうせい》が出てしまう。

露《あら》わになった性器は、震えながら立ち上がろうとしていた。

「ああ、やはり美しい。それに旨《うま》そうだ」

うめくようにつぶやいた間宮は、開け放してあった窓を片手で素早く閉めた。再びこちらに向き直ると、梓の劣情《れつじょう》にそっと手を添える。そして迷うことなく口に含んだ。

「あきまへん……！　わたい、汗みずくで……、汚い、や、ぁん」

幹を撫で摩りながら先端を吸われ、制止の言葉は嬌声に取って代わった。唇を使って熱心に扱《しご》かれ、執拗《しつよう》に舌で舐《ねぶ》られ、あっという間に高ぶる。

間宮の口淫《こういん》のあまりの気持ちよさに、梓は身悶《みもだ》えた。今までにも何度も口で愛撫されたが、ここまで熱くならなかった気がする。

「先生、あかん、あきまへん……。そないにしたら、溶ける……、溶けてまう……！」

背中が反り返り、大きく開かされた脚がぴくぴくと痙攣《けいれん》した。踵《かかと》で畳を幾度も蹴《け》る。

しかし間宮は口を離さなかった。気に入りの甘い飴《あめ》をもらった子供のように、梓の劣情を思う様舐めしゃぶる。

「も、いく、いく……！」

息も絶え絶えになりながら訴えると、舌で先端を抉《えぐ》るようにされた。

刹那《せつな》、間宮の口の中に淫水《いんすい》が迸《ほとばし》る。

「は、あっ……、あか、せんせ……、せんせ……」

どうにかして止めようとするが、もちろんそんなことはできない。結局、全てを間宮の口に放ってしまった。

絶頂の後の脱力でぐったりしている間に、間宮はそれをゆっくりと飲み下していく。

男らしく突き出た喉仏《のどぼとけ》が動く様を見て、梓は震えた。申し訳ないと思う一方で、飲んでもらえて嬉しいと思ってしまう。出したばかりの性器に、再び芯《しん》が通るのがわかった。

あ、と小さく声をあげると、ちょうど全てを飲み終えた間宮が笑う。二重《ふたえ》の双眸《そうぼう》が愛しげに、そして獲物を狙《ねら》う肉食獣のように細められた。

「気持ちよかったか?」

わたいはこのお人に骨の髄《ずい》まで食われるんや……。

怖くはなかった。それどころか、全身が歓喜で震える。

恍惚《こうこつ》としながら、梓はへえと頷いた。

「気持ち、よかったです……」

「そうか。もっとしてほしいか?」

へえ、と小さく頷いたのは、羞恥よりも欲が勝ったせいだ。

それでも多少の恥じらいは残っていたので、瞼を伏せて答える。

「して、ほしいです……」

梓、となぜかうめくように呼ばれたかと思うと、両の膝の裏に間宮の手が入れられた。そのまま膝を強い力で持ち上げられる。

「あっ……」

折り畳まれたような体勢のせいで、下半身の全てが間宮の目に晒《さら》された。再び立ち上がりかけている桃色の性器、その下の膨《ふく》らみ、漆黒《しっこく》の淡い茂み、そして、まだ触れられていないのに自《おの》ずから収縮している菊座《きくざ》。汗と淫水にまみれたそれらに、間宮の熱い視線が注がれる。

「や、いやっ……」

たちまち羞恥が膨《ふく》らんで、梓は首を横に振った。

「窓は閉めたから、声を出しても大丈夫だ。我慢しないで出すといい」

掠れた声で囁くなり、間宮は顔を伏せた。今度も躊躇《ためら》うことなく梓の菊座に口づける。

「あ、先生っ……、やめとくなはれ、汚い、汚いさかい……!」

指で愛撫されたことは何度もあるが、口でされるのは初めてだ。慌てて体を起こそうとしたものの、膝の裏を押さえられているせいで身動きがとれなかった。そうこうしているうちに、菊座の周囲を熱心に舐められる。

「やぁ、いや、堪忍《かんにん》、堪忍しとくれやす……」

制止の言葉とは裏腹に、梓の性器は立ち上がってきた。電気団扇《うちわ》はまわっているものの、窓を閉めきったせいで、室内はむせ返るように暑い。しかしそれ以上に、全身が燃え盛る炎のように熱かった。

性器の先端から蜜《みつ》が大量にあふれ出し、うっすらと桃色に染まった腹に滴《したた》り落ちる。そのねっとりとした感触は、あられもないところに感じる濡れた感触、そして玉の汗が肌をつたう感触と相俟《あいま》って、梓の官能をより高めた。

嫌や、嫌や。こんなん恥ずかしい。

嫌やなんて嘘や。もっとしてほしい。

羞恥と情欲に交互に襲われ、梓はすすり泣いた。

「は、あ、先生、先生……」

やめてほしい気持ちと、もっとしてほしい気持ちがない交ぜになり、腰が卑猥《ひわい》に揺れる。

それを待っていたかのように、中にぬるりとした感触が押し込まれた。

「あっ……、ぁあ、あか、あか……！」

間宮の舌が届かない奥の方が、勝手に疼《うず》き始めるのがわかる。

熱がじわじわと広がっていく感覚に、梓は激しく喘いだ。

ただでさえ収縮していた菊座は、今や淫らに波打っていた。間宮の舌をきゅっと締めつけたかと思うと、さざ波のように細かく蠢《うごめ》いて奥へ誘い込もうとする。注がれた唾液《だえき》が、ぷちゅ、くちゅ、と小さく音をたてるほど動いていた。

気持ちがいいのは間違いないが、刺激が足りない。

もっと激しくかき乱して、熱く疼いている奥を突いてほしい。

「ん、あ、せんせ、もう……、もう、わたい……」

我慢できない、と告げようとしたそのとき、ようやく舌が引き抜かれた。

思わずほっと息をつくと同時に、二本の指がまとめて中に入ってくる。

「あぁっ……」

高い声を発した梓を宥《なだ》めるように、根本まで差し込まれた指が内壁を丁寧に撫でた。

違和感があったのは一瞬で、蕩《とろ》けたそこはすぐ間宮に馴染む。

「もう奥まで柔らかいな……。こうしても、平気か？」

情欲に掠れた声で問われた後、指がもう一本増えたのがわかった。

あ、と声をあげた梓だったが、痛いとは感じなかった。奥を拡《ひろ》げるようにバラバラに動かされて顎が上がる。気持ちがいい。痺れるようだ。反り返った性器から、またしても大量の蜜がこぼれ落ちる。

しかし濃厚な情交をくり返してきた体は、指では物足りないと訴えてきた。

「だ、大事、おまへんよって……、先生の……、先生のを、入れとくれやす……」

震えながらねだると、間宮はゆっくりと指を引き抜いた。

「は、あ……、あはっ……」

間宮を失った菊座が激しく収縮して、梓は泣き声に近い嬌声をあげた。体の奥で燠火《おきび》のように燻《くすぶ》っていた疼きが一気に燃え上がる。

間宮の灼熱《しゃくねつ》の欲望で貫《つらぬ》かれたい。思う様かき乱されたい。

果てのない情欲にすすり泣きながら、梓は自《みずか》ら脚を大きく開いた。間宮を待ちわびている菊座に指を這わせ、内側に籠った熱を逃がすように入口を広げる。

淫靡な蕾《つぼみ》はたちまち柔らかく綻《ほころ》んだ。きっと間宮には、艶めかしく収縮する内壁まで見えているはずだ。

はしたないと恥じ入る余裕はなかった。は、は、と荒い息を吐きながら、涙で霞《かす》む目で間宮をひしと見上げる。

「せんせ、早《は》よ……、早よ、きて……」

間宮の表情はよくわからなかったが、こちらを見下ろす視線が底光りしたのはわかった。

梓、と低い声が呼んだかと思うと、再び両膝を持ち上げられる。間を置かず、熱く濡れたものが菊座に押し当てられた。

先生のや。

歓喜を覚えたときにはもう、奥深くまで一息に貫かれていた。太くて硬いものに内壁を力まかせに擦られ、あまりの快感に目の前に火花が散る。

挿入の衝撃が治まらないうちに、間宮は激しく動き出した。

「あぁ……！　あっ、ん、あん」

ぎりぎりまで引き抜かれたかと思うと再び貫かれ、奥を勢いよく何度も突かれる。時折狙ったように感じる場所を擦り上げられた。抜かれるのも侵入されるのも、突き上げられるのも擦られるのも、どれもたまらなく気持ちがいい。

感じたままの色めいた声がひっきりなしに漏れる。それに被《かぶ》せるように、間宮の嵐のような息遣いと、つながった場所からあふれる粘着質《ねんちゃくしつ》な水音、そして肌と肌がぶつかる乾いた音が室内に響く。

気が付いたときには、自分の腹に幾度も擦りつけられていた性器が、二度目の絶頂を迎えていた。容赦《ようしゃ》なく揺さぶられているせいで、迸ったものが顎にまで飛んでくる。

「は、あ、あかん、待って、まって……！」

しかし間宮の律動はやまない。それどころか、ますます激しくなる。

放出しながら中を思う様抜き差しされ、梓は我を忘れて乱れた。

「やぁ、そない、したら……、あか、あぁっ……！」

「梓、梓っ……！」

狂おしく呼ばれた次の瞬間、間宮が体の奥で極まった。

たっぷりと潤《うるお》される感触に、またしても大きな快感の波が襲いかかってくる。

「あか、あかん……、わたい、また……！」

間宮を受け入れたままの場所が熱く痺れた。二度達してなお芯が通っている性器にも、重く響くような快感が生じる。

先端からとろとろと欲の蜜が滴《したた》ったものの、放出はしなかった。内部だけで爆発した強烈な快感に、全身がピンと反り返る。

「あ、あっ……」

達したときとは明らかに異なる快感に、梓は狂おしく喘いだ。

苦しいけど、めちゃめちゃ気持ちええ……。

そういえば、十日ほど前に抱かれたときも同じような感覚を味わった。あのときは怖いと思ったが、今は怖くない。

せやかて先生は、わたいの体だけやのうて、心も慈《いつく》しんでくれてはるてわかったから。

梓、と低く響く甘い声で呼ばれて、ぼんやりと視線を上げる。

そこには、汗に濡れた間宮の精悍《せいかん》な面立ちがあった。くっきりとした眉はきつく寄っており、頬や目許が紅潮している。一方で、瞳にはあふれんばかりの愛しさと情欲が燃えていた。苦しそうだが、ひどく嬉しそうでもある。

「出さずにいったのか……?」

「ださず、に……?」

「そうだ。気持ちよかったか?」

優しく問われて、へえ、と梓は正直に頷いた。

「きもち、よかったです……」

恍惚とした声音に、間宮は満足げな表情を浮かべた。慈しむように梓の頬を撫でる。

「そうか。僕も、気持ちよかった」

「ほんまでっか……?」

「ああ、本当だ。このまま、もう一度したいんだが、いいか?」

へえ、と梓は今度も迷うことなく頷いた。まだしたいのは梓も同じだ。

「しとくなはれ……」

その前に、口づけたい。間宮の舌を思う存分味わいたい。

そう思って震える両手を伸ばすと、間宮は白い歯を見せて上体を倒してくれた。つながる角度が変わって、達しても衰《おとろ》えていない間宮に中を抉られる。あぁ、と声をあげながらも、梓は間宮の首筋に抱きついた。望み通りに唇が重なり、すかさず差し入れられた舌に夢中で吸いつく。

更に深く口づけるために顔を傾けようとしたものの、間宮に腰を抱き寄せられたせいで、肩口に額を預ける格好になってしまった。

「しっかり、つかまっていろ」

耳元で低く響く声が囁いたかと思うと、間宮の腕が腰にまわる。そのまま強い力で抱き起こされた。

「あ、あっ……、先生っ……」

慎重に体を起こされ、胡坐《あぐら》をかいた間宮の上に跨《また》がる体勢になった。充分な硬度を保ったままの間宮の性器が下から突き上げてくる。自重《じじゅう》も手伝って、今までになく深い場所まで迎え入れる。

「は、あぁっ……！」

のけ反った上体を、間宮がすかさず支えてくれた。幾度も体をつなげてきたが、こんな体勢は初めてだ。ぐらぐらと揺れる体を支えてくれるものが向かい合っている間宮しかいなくて、梓は必死でその首筋にしがみついた。

そうして密着すればするほど、つながりは深くなる。更に、自らの劣情を間宮の腹に擦りつけることにもなった。

「やぁ、あかん、深い、ふかい……！」

深すぎて怖いのに、腰が淫らにくねるのを止められない。内壁がより深くつながった喜びを伝えるように妖しく波打ち、間宮を艶めかしく愛撫する。

「ああ、深くまでつながっているな……」

堪えかねたような声で応じた間宮は、目の前に差し出された梓の乳首に吸いついた。

一度も触れられていないのに色濃く染まったそれは、吸うだけでなく舐められ、齧《かじ》られ、痺れるような快感を全身に振り撒《ま》く。

「あ、ぁん、あきまへん、先生、間宮せんせ……！」

気が付けば、梓は自ら腰を振っていた。菊座を占領する間宮を締めつけて愛撫する動きは、そのまま梓自身を間宮の腹で擦る自慰《じい》行為にもなる。しかも、執拗《しつよう》に乳首を舐めまわされ、つながった場所を確かめるように指で撫でられるのだ。淫らな動きを止められるはずもない。間宮が放ったもので潤された中が卑猥《ひわい》な水音をたてる。

「せんせ……、も、堪忍……、堪忍して……！」

感じすぎて辛くて、梓は喘ぎながら嗚咽《おえつ》した。もっと大胆に腰を動かして更に強い快楽を得たいが、既に幾度も絶頂を味わったせいで力が入らない。

「よくがんばったな。さすがは僕の梓だ」

熱っぽく囁かれると同時に、谷間に間宮を受け入れた二つの丘を、大きな掌《てのひら》でしっかりとつかまれた。その刺激だけで、あぁ、と嬌声が漏れる。

次の瞬間、間宮は梓の動きを助けるように、両手を上下に激しく動かした。手の動きに合わせて下からも突き上げられる。ずぐっと奥を抉られ、またしても背筋が反った。

「やぁ！　あ、ぁあ……！」

ようやく与えられた強い刺激に、艶めいた声をあげて乱れる。

どこもかしこも熱くてたまらない。下半身だけでなく全身が間宮と溶け合っていくような錯覚を覚える。

嬉しい、気持ちええ、嬉しい。

「梓、梓……。出すぞ……！」

「出しとくれやす……。中に、出して……」

夢中で頷くと、ほどなくして間宮が達した。わずかに遅れて、間宮の腹で幾度も擦られた梓も極まる。

放出しながら中を潤されるという、間宮から教わった痺れるような快感を味わいながら、梓は愛しい人にしがみついた。


くせの強い髪が四方八方に跳ねた、痩《や》せっぽちの少年が蹲《うずくま》っている。

周りには誰もいない。何もない。一人ぼっちだ。

頼りない後ろ姿を見ただけで、ぎゅう、と胸が絞《しぼ》られるように痛む。

梓はたまらずに少年に駆け寄った。そして隣にしゃがみ込む。

少年はほんの一瞬、くっきりとした二重の目を梓に向けた。が、すぐにうつむいてしまう。

間宮先生、と梓は呼びかけた。

わたいが傍におりますよって。

少年はまたちらと視線を梓に投げて寄越《よこ》した。険《けわ》しい顔でにらみつけてくる。

嘘だ。君は僕の傍にいなかったじゃないか。

へえ、すんまへん。今までのことは堪忍しとくれやす。けど、これから先はずっと、先生のお傍を離れまへんよって。

心を込めて言うと、少年は瞬きをした。

……ずっとか？

へえ、ずっとです。

僕が死ぬまで？

お望みやったら、死なはった後もずっと。

梓の言葉が本心から出ているとわかったのだろう、少年は再び瞬きをした。かと思うと、可愛らしい顔が、くしゃ、と涙で歪《ゆが》む。

がむしゃらにしがみついてきた少年を、梓はしっかりと抱きしめた。

好きです、大好きです。間宮先生。


頬をくすぐる柔らかな風が心地よい。

目許を温かな感触で撫でられ、梓はそっと目を開けた。

視界を占めたのは、彫りの深い端整な男の顔だった。心配そうに表情が曇《くも》っている。

「梓？　目が覚めたのか？」

「へえ……」

ぼんやりと頷きながらも、梓は手を伸ばした。

どうした？　と言って覗き込んできた男の目許に指先を這わせる。そこは濡れていた気配すらなく、乾いていた。

泣きやまはったんや。よかった。

心から安堵して微笑むと、どうした、とまた優しく問われた。

「僕の目に何かついているか？」

「いいえ……。大好きです、間宮先生……」

掠れた声で告げると、間宮は目を見開いた。やがて泣き笑いに顔を歪め、まだ目許を触っていた梓の手をしっかりと握る。そして露《あら》わになっていた梓の額に口づけた。

「僕も、君が大好きだ」

嚙みしめるように囁かれた言葉に、じんと胸が熱くなる。

我知らず笑顔になると、慈しむ仕種で髪を梳《す》かれた。

「体は平気か？」

「え、あ、へえ……。熱いでっけど、大事おまへん……」

改めて見渡した部屋は座敷だった。開け放たれた窓から、西に傾いた太陽が見える。わずかにひんやりとした風が快《こころよ》い。

梓は乾いた布団の上に寝かされていた。体の奥にはまだ痺れるような熱さが残っているが、肌はさっぱりしている。身につけているのは間宮の浴衣だ。間宮が事後の始末をしてくれたらしい。

「すんまへん、先生、わたい、また……」

焦って謝ると、間宮は首を横に振った。

「かまわない。気にするな」

わたい、気ぃを失《うしの》うたんや……。

胡坐をかいた間宮と向かい合ってつながった後、再び畳に押し倒された。そして今度は、汗と淫水で濡れそぼった体の隅々にまで口づけられた。今は浴衣で見えないが、全身に間宮が残した印が残っているはずだ。

二度つながった後の柔らかな愛撫はただもどかしく、梓はすすり泣きながら身悶えた。肌を吸われただけで何度か達してしまったのは、自分でも信じられなかった。

かわいいな、梓。いい子だ。

低く甘く囁いた間宮は、達したばかりの性器に何度も愛しげに口づけた。

わたいはやっぱりはしたない……。

羞恥で耳まで赤くなって、梓はうつむいた。

しかし間宮は梓の髪を梳く手を止めない。

「君の体を清めて僕の浴衣を着せるのは、なかなか楽しいぞ」

「さ、さいでっか……?」

「ああ。だから我慢しないで、限界まで感じるといい」

「先生……!」

からかわれているとわかって、梓は間宮をにらんだ。

「僕が面倒を見てやると言っているのに、なぜ怒るんだ」

悪戯《いたずら》な笑みを浮かべた間宮は、梓の布団の中に入ってきた。形ばかり抗《あらが》った梓を、しっかりと腕の中に収める。たちまちぴたりと体が密着した。夕刻になって気温が下がっているのか、暑くはない。むしろ間宮の体の熱がひどく心地好かった。

「君、暮林君とはもう二人きりでは飲みに行くな」

再び梓の髪を梳きながら、間宮がぼそりと言う。

梓は素直に頷いた。

「へえ、承知しました。けど、あの、二人きりやなかったらええんでっか?」

「ああ、かまわない。本当は二人きりじゃなくても物凄《ものすご》く不愉快だがな」

あからさまに顔をしかめた間宮に、梓は瞬きをした。

間宮は眉間に皺を寄せたまま続ける。

「暮林君が編集者として優《すぐ》れているのは間違いない。人脈も広いようだ。君の仕事の役に立ちそうなところがあるから、交流を断《た》てとは言わない。そもそも、あの男は腐《くさ》っても番条社の社員だからな。人前で襲いかかるような真似はしないだろう」

へえ、と真面目に返事をした梓だったが、小さく噴き出してしまった。

間宮のしかめっ面《つら》が、拗《す》ねた子供のそれにそっくりだったのだ。

「なんだ、何がおかしい」

「先生が、ずっと顔をしかめておられますよって……」

「だから僕は、君が暮林君と交流を持つのは不愉快だと言っただろう」

「そんでも、二度と会うなとは言わはらへんのですね」

「暮林君とどういう付き合いをするかは、君自身が決めることだ。僕が言いたいのは、とにかく二人きりで飲みに行くなということだけだ」

ムッとした口調に、梓は思わず微笑んだ。

間宮はどうやら嫉妬を隠さないと決めたらしい。

やきもち焼いてはるんは可愛らしいけど、先生はやっぱり大人の男の人や。

梓の仕事のこと、そして将来のことを考えてくれている。

暮林をどう思うかは、正直、本人を目の前にしてみないとわからなかった。直接迫られたわけではないのだ。警戒すべき人物なのは間違いないが、間宮の言う通り、切ってしまうには惜《お》しい人のような気もする。

いずれにしても、暮林と飲みに行くのは今後一切なしだ。

「もう決して二人きりで飲みに行ったりしまへん」

「ああ、そうしてくれ」

真面目な顔で頷いた間宮の胸に、梓は自ら寄り添った。確かな温かさと張りつめた硬い胸の感触に、ほっと息が漏れる。

すると、間宮の腕がゆっくり背中にまわった。きつく抱きしめられるのもいいが、こうしてやんわりと抱かれるのも、たまらなく快《こころよ》い。

これから先もずっと、わたいはこうして先生のお傍におれるんや。

望んで望まれて、一緒にいる。共に生きていく。

梓はうっとりと目を細めて間宮を見上げた。

「先生、そしたら今度一緒に飲みに出かけまひょ。最近、出かけてまへんでしたやろ」

「そうだな。久しぶりに滝《たき》の尾《お》へ行くか？　夏の料理はまた格別だと聞いている」

「へえ。上方《かみがた》の夏いうたら、やっぱり鱧《はも》です。あっさりして美味《おい》しいでっせ。あ、けど若鮎《わかあゆ》の焼いたんも絶品です」

「どっちも旨そうだな。無性に食べたくなってきた」

「行きまひょ、行きまひょ」

嬉しくて幸せではしゃいだ声を出した梓に、間宮は笑った。

「なんだ、子供みたいな言い方をして」

「たまにはええやないでっか。ね、先生、行きまひょ」

「ああ、行こう」

愛しげな眼差しを向けてくる間宮と、どちらからともなく唇を重ねる。

触れるだけの口づけは、甘くて優しい味がした。

あとがき

AFTERWORD

―久我有加―


　表題作を執筆していたとき、個人的に健気《けなげ》受ブームの真っ最中でした。

　とにかく健気で可愛くて天然な受が書きたい！　という欲望が強すぎて、当初は偏屈《へんくつ》無愛想攻を中心に書こうと思っていたのに、いつのまにか健気受がメインの話になっていました。読んでくださった方に、楽しんでいただけるよう祈っています。

　このあとがきを書いている今現在も、健気受ブームは続行中です。今までにもごく短いブームはありましたが、今回は長いです。デビューさせていただく前から、攻はそんなにかっこよくなくてかまわないけど（……）、受はかっこよければかっこいいほど良い！　と思ってきたので自分でも意外です。

　しかしかつてない健気受ブームの反動で、攻と見紛《みまご》うほどのめちゃめちゃオトコマエな受が書きたくなる予感がしています。食べ物を、甘い、しょっぱい、甘い、しょっぱい、と交互に食べたくなるのに似ていますな……。

　大正時代の大阪の出版界が舞台となったのは、本書と少しリンクしている既刊『疾風に恋をする』の執筆のために資料をあたっていたとき、当時の出版についても知ることになったからです。ちなみに『疾風に恋をする』は、活動写真（映画）の世界が舞台でした。ご興味を持たれた方は読んでやってくださいませ。

　また、既にご存じの方もおられると思いますが、文庫を出していただいた後、ブログに番外篇を載せています。本書の番外篇も更新する予定ですので、お時間があるときにでも覗いてやってください。


　最後になりましたが、本書に携《たずさ》わってくださった全ての皆様に感謝申し上げます。

　編集部の皆様、ありがとうございました。特に担当様には本当にお世話になりました。

　素敵なイラストを描いてくださった、伊東《いとう》七《な》つ生《お》先生。大正時代の空気感満載のイラストを拝見できて、とても嬉しかったです。可愛らしくて色っぽい梓《あずさ》と着物が似合う男前な間宮《まみや》に、めろめろになりました。

　支えてくれた家族。いつもありがとう。

　この本を手にとってくださった皆様。貴重なお時間を割《さ》いて読んでくださり、ありがとうございました。もしよろしければ、ひとことだけでもご感想をちょうだいできると嬉しいです。


　それでは皆様、お元気で。

二〇一八年二月　久我有加

この本を読んでのご意見、ご感想などをお寄せください。
久我有加先生・伊東七つ生先生へのはげましのおたよりもお待ちしております。

〒113-0024　東京都文京区西片2-19-18　新書館
[編集部へのご意見・ご感想] ディアプラス編集部「恋の二人連れ」係
[先生方へのおたより] ディアプラス編集部気付　○○先生

- 初出 -
恋の二人連れ：小説DEAR+17年アキ号（vol.67）
恋の初風：書き下ろし

[こいのふたりづれ]
恋の二人連れ

著者：久我有加 くが・ありか

初版発行：2018年3月25日

発行所：株式会社 新書館
[編集] 〒113-0024
東京都文京区西片2-19-18　電話（03）3811-2631
[営業] 〒174-0043
東京都板橋区坂下1-22-14　電話（03）5970-3840
[URL] http://www.shinshokan.co.jp/

印刷・製本：株式会社光邦

ISBN978-4-403-52447-9